上海爵士时代

淳子 著

文匯出版社

如果你问西方人,他们对中国的哪个历史名城略知一二,几乎所有人都会说:上海。

——罗威廉(William Rowe)

目录

001. 序
不尽传奇话上海　　陈钢

001. 第一章
魔都身段，大亨断代史

089. 第二章
诗人，爱情，美国情人

175. 第三章
苏迈莉公主的间谍圈

205. 第四章
成为电影片场：太阳帝国，斯皮尔伯格

227. 第五章
消逝在国际饭店旋转门

259. 第六章
烟雾迷蒙了眼睛——陆小曼的罪与罚

序

不尽传奇话上海

作曲家　陈钢

上海是个传奇。

世上没一个国家能用一百多年建成一个现代国际大都会；世上没有一个地方能将全世界的精英吸引到这个昔日的小渔村；世上也没有一个城市可以容纳由于"华洋共处""五方杂处"而产生的多元文化的共存和各种"奇异的智慧"的集聚。而这一切又都是可感知、可触碰、可听闻的"声音"和"身段"——即如："爵士"是上海的声音，上海的节奏；而"身段"则是上海的姿色，上海的模样，上海的一个时代。

上海是座"爵士之城"。

爵士是现代城市重要的声音标志，它用充满动力的

"无穷动"节奏、自由浪漫的激情吟唱、变化无穷的即兴演奏和慵懒性感的蓝调摇摆,表现了五光十色的城市风光和行色匆匆的市民的内心波澜。

所以,"爵士之城"也即自由之城,梦幻之城,开放之城,创新之城。

《玫瑰玫瑰我爱你》《夜上海》和《夜来香》等"时代曲",就是用爵士的节奏描绘了"光、热、能"的上海,用爵士的摇摆,增添了这座城市的温度。"酒不醉人人自醉"的不夜城,"梧桐树上凤凰来"的大上海情怀,都在爵士声中完成了它们的城市性格和城市形象。

白先勇先生的名作——沪语话剧版《永远的尹雪艳》在上海首演时,他不无感慨地说,当我站在南京路上向前眺望时,不禁会想起《永远的尹雪艳》;这出戏的潜台词是"尹雪艳永远不老"。其实,其更为深层的潜台词应该是"上海永远不老"!

上海的"魔都身段"。

"魔都"的"魔性"在于它那些传奇的故事、传奇的人物和传奇的行为方式——"魔都身段"。

淳子曾写过那么多张爱玲的"身段",现在又在这本书中写了诸多上海传奇人物的"身段"。如从"雅痞"沙逊的冒险发迹到盛宣怀的实业兴国,从令人唏嘘的邵洵美、项美丽的浪漫情史到腾升沉沦的徐志摩、陆小曼的悲剧人生……一路上寻来,一条线串起,既是粗放地勾画出这座城市的盛衰,又是细写了时代女性的纠结徘徊和人性的黑白两境。而这一切,就是这座城市的"行为艺术",也即"魔都身段"。

淳子是一位"用脚写作"的作家,她曾沿着张爱玲的足迹,走遍她曾住过的地方;淳子更是一位"用心写作"的作家,她在所拥有的翔实的史料记载和丰富的采访材料的基础上,神思驰骋,用女性作家特有的敏感而细微笔触,重新编织成一出出跌宕起伏的戏剧篇章和一幅幅"不可不看的风景"。在书中,她不仅是李家人(注:作者正名为李淳),而且似乎还是盛家人、陆家人和邵家人的亲友;在书中,她不仅是作者,而且还是剧中的一个角色;她不仅是历史的记录者,而且还是其"续篇"和"外传"的亲历者。所以,她不仅仅是在写"他者",而是他中见我,我中见他,他我一体即世界。

淳子日日夜夜在这座传奇城市中生活、思索、寻觅、书写；又在这个爵士之城中旋转、摇摆、焦虑、醉迷。也许，她正乐以将其整个的人生纳入这个传奇之内；也许，她自己也将在书写传奇时成为另一个传奇……

第一章

魔都身段，大亨断代史

On A Slow Boat To China 是一首歌，也是一句谚语，比喻世界上最漫长的路。

1929年的某个夏夜，上海制高点——华懋饭店（Cathay Hotel），顶层阳台，一英国绅士，衔焦糖色雪茄，江面上，海鸥的翅膀掠过，发出花腔女高音般的婉转；他啜了一口香槟，脸上浮出一丝微表情——克制的得意。

上海的爵士年代，他的名字经常出现在上海人的唇边。

2006年，我住在他的房间，翻阅他的史料，站在他的天台，像他一样望着黄浦江面；夜半，爵士乐曲尽，照他的习惯，下得楼来，法国琉璃的灯晕下，巡视他的宫殿——如战前环绕在他身边的女人。

他不缺女人。女人于他,是蕾丝花边,是风雅的点缀,是男性的表达。

他过于庞大。他代表着一个帝国。

2020年1月的一个下午,在伊斯坦布尔的老城,在帕慕克的"纯真博物馆",紫色的灯光下,一双柠檬黄的高跟鞋前,我终于明白,我不可能写出帕慕克那样的书。但我还是试图写出这个名字——维克多·沙逊爵士(Victor Sassoon, 1881—1961)和上海的爵士时代。

伊斯坦布尔,帕慕克的宿命;上海,我的宿命。

1. 犹太豪门之前情

那个年代,世界环游行程单里,没有上海将是不完美的。

巨型海轮从伦敦到香港,香港到上海。

酒吧,爵士乐队将"Shanghai"炫技为转瞬即逝的密码。

他出场了。

完美的比例，白色领结托举着深邃的五官，淡漠，阴柔，优雅中混合着颓废；他右手支在酒吧桌上，另一只手按着象牙柄拐杖；他的另一枚显著的道具是单片眼镜。

有人如此形容他：说话如哲人，举止如国王，挥霍如王子。

他将登陆上海，沙逊家族的第四代——维克多·沙逊爵士。

他的家世，可以编一部大不列颠百科全书——

曾曾祖父，沙逊·本·塞利（1750—1830），巴格达首席财政官。富庶而有名望的犹太家庭。

他的曾祖父大卫·沙逊（1792—1864）与当地政府发生冲突，携全家离开巴格达，移居英国统治下的港口城市印度孟买，设立沙逊公司，加入英国国籍。

1833年，英国议会通过了废止东印度公司对华贸易专利权法案，曾祖父大卫·沙逊生产的鸦片走私进入中国。

"黄金如雪片似的向他飞来。"

按犹太人的传统，大卫·沙逊将两位妻子所生的八个儿子安排在家族商业的重要岗位上。

1838年，清政府派遣林则徐前往广东禁烟，扣留英国鸦片2万箱并将之销毁。

1840年，中英鸦片战争爆发。

1842年，战争以签订《南京条约》结束。

沙逊公司凭借《南京条约》及英国政府给予的特权，先后在广州、香港和上海设立分公司，尤以上海业务扩展迅猛。

1854年，大卫·沙逊及其家族通过鸦片等贸易，已拥有百万财富，成为英属印度首富。

1858年，大卫·沙逊的三公子到达英国，购置了阿什利庄园。庄园位于泰晤士河畔，占地430英亩，都铎王朝时期建造。沙逊家族从此定居英国，用各种方式散钱，举办奢华宴会、赛马会，出借大量艺术品和历史文物，赞助英国皇家学院、伦敦著名剧院，"政治与新贵"，成为沙逊家族的业务专项。

英国王室经常邀请沙逊家族成员参加王室举办的官方活动。

在一些档案文件里，保留着英国国王乔治五世、威尔逊亲王写给沙逊家族成员的多封信函。在《上流社会：1897—1914年照片合集》中，沙逊家族成员从未缺席。

1864年11月的一个下午，大卫·沙逊散步后回到屋内，给孟买的总公司书写商务信函。每天的惯例。

仆人听到他微弱的呼救。

他死了，手里握着鹅毛笔。

大卫·沙逊去世后，二公子伊利亚斯·沙逊另起炉灶，成立了新沙逊洋行。他便是本文主角维克多·沙逊的祖父。

新沙逊洋行开业十年后，伊利亚斯·沙逊预感到了超越老沙逊洋行的自信和雄心。

1881年，祖父的第二个儿子爱德华·伊利亚斯·沙逊，在意大利那不勒斯南部港口，迎来了他的第一个子嗣维克多·沙逊。

至此，我们终于可以从冗长的家族血缘历史、财富历史中另起一行了。

维克多·沙逊，小名伊夫（Eve），就读剑桥大学三一学院，游泳、网球、高尔夫、马术、拳击、戏剧填满了他的日常。

在剑桥任何豪放的集会上，维克多·沙逊必是领袖人物。

他心血来潮，组建了一个单身俱乐部。他在俱乐部开幕式上发言："鉴于我对家族基因的研究，我不是天才就是白痴；我不愿意冒这样的风险。"

众人起哄。

三一学院的舞会，在剑桥大学颇为著名。

五月的舞会上，他认识了一位女生。这里出没的女生大都盛产自顶尖家族。

他们相拥，只跳探戈。

他的手指按在她的背部第五、第六、第七肋骨间，她的下颌轻抵他的右肩，交叉、踢腿、跳跃、旋转——

他狂热奔放，她华丽高雅，他们严丝合缝，每一个舞步，都是对彼此的亲吻。

挥洒荷尔蒙，狂舞至凌晨。

他是绝对的舞会王子。

康河上，新月下，他们在一个又一个波浪上漂浮，他像抓住梦一样抓住她——谁都不想回到岸边。（那时

诗人徐志摩只有六岁）

伦敦,沙逊家族的老宅。

镀金家具,维多利亚风格窗帘,她周身的首饰,环佩叮当,晃动了他深潭一般的心旌。

她摘下耳环,他褪下钻石袖口——

帐幔落下,床笫如舞台,星光灿烂。

月光下,女孩的眼眸,蔚蓝深海,似飞鸟掠影;一抹青黛蛾眉,如一座国家保护森林;他的嘴唇轻轻一触,她就盛开了;所有的颜色都浸润在洞穴里——彼此奉献。他们走完了恋人的所有程序。

黄昏吹软了风,细雨折断了径,爱是无限,是信仰,是一切逻辑和缘由。朝霞满天,女孩一遍一遍,念着爱尔兰民谣:this's the last rose of summer（《夏日最后一朵玫瑰》）。

因为种族、宗教信仰,双方家庭激烈反对。

仲夏夜过后,一对璧人被强行撕开。

玻璃心碎了一地,无从收拾。

家族的责任,重于泰山。

不能自杀,不能酗酒,任凭世界坠落。

所爱的女人擦肩而去,即使得到全世界的惋惜也难以抚慰他的灵魂。他甚至断定,他将带着遗憾孤独终老。

他麻木地将自己投入毕业考试的轮盘中。

1903年,维克多·沙逊以历史文学一等荣誉学位毕业。

严肃的父亲向他表示祝贺并承诺,若他娶一位高贵的英国犹太姑娘,他将获得丰厚的家族基金。

那一年的圣诞,闻名世界的泰姬马哈酒店落成。

泰姬马哈被誉为象征财富和尊贵的世纪酒店。

入住的名单上写满美国总统、法国总统、英国王妃王储、世界首富们,以及各路明星的尊名、芳名。

酒店内,绵延的拱廊、佛罗伦萨的巨型穹顶、摩尔风的雕刻和纹饰、不计其数的艺术品、爱德华七世时期的奢侈和高贵,以及面朝大海的客房,将奢华做到了极致、做到了变态。

维克多·沙逊于此喝酒,遇见美人儿。只是遇见。

顺便,他天马行空:也许,他也应该建造一座壮美豪华绝世惊艳的酒店。

谁知道呢？他还年轻，大把的财富，大把的时间。

与此同时，他的舅舅、叔叔、堂哥们，正在世界的各个摩登都会、不同的时区，或赛马，或建造小宫殿，或与王储们打网球，或竞选议员，或布局更大的商业疆域。

1906年，维克多·沙逊成为公司董事，被派往孟买、香港、上海实习。

礼帽，燕尾服，襟前一朵康乃馨，名门，名校，英俊，洒脱，美若天仙的女秘书，他成为社交界的宠儿。

他对痛失初恋的态度是绝不允许再次失去——他继续着剑桥大学的惯性，参加各种派对，寻找各种欢乐和刺激。

白天，他使用上半身，精明地雄心勃勃地打理家族企业；入夜，他在美女美酒中欲醉欲仙。

半神半兽。

1909年，维克多·沙逊成为英国皇家飞行俱乐部的创始成员，飞行证书编号52。

他将更多的时间和金钱花费在飞行上。

父亲恼怒，母亲则忧心忡忡。

他有着犹太人没有的浪漫,而基因里始终秉持着这个古老民族悲观的宿命论。

他成长在安逸的黄金时代——第一次世界大战之前。

1913年,战前最好的时光。

《变形记》的作者弗朗茨·卡夫卡,在布拉格为爱疯狂;

德国作家托马斯·曼的《威尼斯之死》出版;

英国女作家弗吉尼亚·伍尔芙完成了她的第一部作品《远航》;

法国作家普鲁斯特出版了"逝水年华"的第一部《在斯万家那边》;

失窃的达·芬奇的《蒙娜丽莎》又重见天日;

野兽派画家马蒂斯送给毕加索一束花;

女人在心理学家弗洛伊德博士面前裸露灵魂;

喜剧演员查理·卓别林签下了第一份电影合同;

巴黎伟大的沙龙女主人斯泰因写了一句诗:"一朵玫瑰是一朵玫瑰是一朵玫瑰";

诗人里尔克在露台上,喝着咖啡写着诗;

艺术家马塞尔·杜尚把一只车轮架在椅子上：现成品艺术诞生；各地的艺术都在向抽象画进军；

提出相对论的爱因斯坦与妻子日趋冷淡，晚上只能出去散步或者在小酒馆喝啤酒；

维克多·沙逊的校友罗素，用了四年时间，与怀特海合著的《数学原理》第三卷终于出版，倒贴了50镑；

哲学家维特根斯坦在剑桥大学游逛；

时尚女魔头可可·香奈儿戴着帽子与音乐家斯特拉文斯基初遇；

普拉达的第一家时装店在米兰开业；

乔伊斯完成了小说《都柏林人》，一颗新星诞生了；

德国著名历史哲学家斯宾格勒在书写《西方的没落》；

奥地利皇位继承人弗朗茨·斐迪南用灵巧的外交手段促成塞尔维亚人在第二次巴尔干战争中撤离阿尔巴尼亚，他策划了一场为期两天的狩猎，邀请了德国皇帝威廉二世；

1913年12月31日，奥地利著名作家施尼茨勒完成了一部疯狂的小说；下午，阅读了胡赫的《德国伟大的战争》,午夜,与朋友们开球迎接1914新年。

1914年6月28日,奥地利帝国皇储弗朗茨·斐迪南与妻子索菲亚在萨拉热窝遇刺,国际局势迅速恶化。7月28日,奥匈帝国向塞尔维亚宣战,德、法、俄投入战争,第一次世界大战全面爆发。

一切都裂为两半。

奥地利作家茨威格在《昨日世界》中写道:

"一九一四年六月二十八日,萨拉热窝一声枪响,刹那间,把人们休养生息、安乐田园、充满理性的世界,像一只土制的空罐子,击得粉碎。"

迷住英国女王伊丽莎白二世的探案小说家阿加莎·克里斯蒂笔下的大侦探、比利时人波洛,也因德国占领比利时,而出走欧洲其他国家。

在此之前,茨威格正在维也纳小镇巴登的花园里阅读《托尔斯泰和陀思妥耶夫斯基》。世界还是那个矜持的旧时代,是《唐顿庄园》的时代,安定了一百年的欧洲,人们对待战争的态度依然传统,为吾王而战是一种荣耀。

维克多·沙逊的好日子中断了。他如英国女作家薇拉·布里坦（Vera Brittain）《青春誓约》（*Testament of Youth*）里的名校精英、贵族子弟，报名参军，成为英国皇家海军航空队少尉。

那年八月，戎装加身的年轻人笑着向母亲、深爱的女孩子高喊："圣诞节我们就回家了！"青春不知战争为何物。

战争被描述成一场短途旅行或者冒险游戏。

茨威格因为体检不合格而免于兵役。

与他同样境遇的诗人里尔克对他说："我讨厌军服。战争始终是监狱。"

诗人纪尧姆·阿波利奈尔，告别了巴黎毕加索等人的艺术圈，参军了。诗人成为炮兵。

一战，史无前例，重机枪、坦克大规模投入实战，绞肉机一般的战场，7000万人互相厮杀，1000万人丧生。

贵族世家的丘吉尔说："骑士精神从战场上消失了，战场成了一个单纯的杀戮的场所。"

固有的古典政治和经济体系无以为继，无数精英阶层的子弟葬身沙场，最终，没人能说清这场世界大战的意义。

托尔斯泰的《安娜·卡列尼娜》——安娜卧轨后，沃伦斯基去了前线，他不惧怕死亡，因为他已经死过了；死亡于他，不是终极。死之上，爱比死亡更冷漠。维克多·沙逊也无惧死亡，自从失爱之后。

1914年11月，维克多·沙逊被派往英国港口城市多佛。

1915年2月6日，敦刻尔克港口附近，他与巴宾顿少尉执行计划内的航空演练。

战机推出机库，机械师转动螺旋桨，他们顺风飞行了大约一千英尺；在做倾斜飞翔时，发动机一声爆响，机油喷射在沙逊的腿上，机身颤抖，螺旋桨停止转动，机油在沙逊两股之间燃烧。

"它飞不起来了，关掉油管！"巴宾顿喊。

沙逊镇静地关掉座舱内的油路开关，回头微笑着向巴宾顿竖起大拇指。

巴宾顿企图利用惯性迫降。

他努力拉升操纵杆，无效，飞机继续下行；巴宾顿用整个身体抵压操纵杆，飞机依旧顽固急速下跌，情形如马塞尔·杜尚《下楼梯的裸女》，疯狂而失控，碎片堆砌的女子，如木材房大火，一片，一片，窸窸窣窣，燃烧，剥落。

距离地面五百英尺，机头朝下坠落。

金属摩擦地面，火星四溅，撕裂，解体，冲向地面的那一刻，维克多·沙逊仍在大喊："把它拉起来！看在上帝的分上，把它拉起来！"

维克多·沙逊全身受伤，双腿粉碎性骨折。注射吗啡后，他被送进多佛的一家医院。

沙逊家族将一间马厩改造成病房兼手术室。

一次一次的手术，骨头被复位再复位，疼痛消耗着他高傲的躯体。但他拒绝吗啡。

漫长的夜，彻骨的痛，母亲的心碎了一次又一次。

母亲用毅力将破碎的心粘合起来，日日美丽端庄地出现在沙逊的病房，为他朗读报纸和书籍。

母亲的体温，母亲的声音，将沙逊从死亡的边界拽回来。

他回来了，但被设定在炼狱中。他在石膏包裹中躺了八个月，无奈地让渡着个人的隐私。没人告诉他，他会怎么样；但他还是猜到了，他将终身致残——一个跛足的豪门公子。

家族的力量，使他得到最好的治疗和护理。他离开了轮椅。

甫一康复，他即刻穿上熨整妥帖的军装，重回海军部报到。

彼时，他的弟弟正在法国参战。他们用勇气和尊严书写着沙逊家族第四代的荣耀。

巴宾顿的婚礼，维克多·沙逊担任男傧相。

那一年，他三十三岁。

巴宾顿示意新娘将捧花扔给他。

战友们起哄："大叔，明天参加你的婚礼。"

舞会上，沙逊落寞。他是局外人，一朵醒目的壁花，他再也不能像在剑桥那样，拥美妙女子入怀翩翩起舞了。

他摘下襟前白茶花，插在"巴黎之花"香槟的瓶嘴上，煞是动人。

他企图回忆他和她的初夜，他和她的初吻。那颗最明亮最清新的星星；他不再会有那样的激情那样的疯狂了;因为他一动感情,随之而来的便是绵绵无期的空洞,丝丝拉拉、无尽牵扯的疼痛——

那一刻,他体内有一种酶在生长——自卑,当然还有孤勇。

他懂得欣赏美妙、鉴赏人类生活中一切高雅经典细致入微之情事,但是他本人却不再完美;他为他残缺的肉体感到悲哀。

英国诗人柯尔律治在《失意颂》里说,喜悦减退的历程,如同自己陆续盗取了天然的人性。

维克多·沙逊失去了喜悦的境界。

他宿命地决定,他要牺牲在风雅的世俗生活和商业主义祭坛上。他成为菲茨杰拉德的盟友。

他用极端主义包裹自己,在心灵和情感上,与外界保持着适度的隔离;只要有关残障残疾类的慈善捐赠,他的出手总是令人惊叹。

他的母亲感谢神祇保住了儿子的生命,她更积极地主持家族慈善事业。

二战时,她向红十字会捐出了伦敦的一部分房产。

1918年,一战结束,维克多·沙逊脱下军装,继承家产，承袭了爵位和新沙逊洋行的经营权，人们开始改称他维克多爵士。

2. 一支拐杖，屋顶的男爵

1924年，维克多·沙逊在泰姬马哈酒店喝光了一瓶苏格兰威士忌，然后做出一个豪赌，将他掌管的新沙逊财产的大部分鸡蛋，投入上海的篮子。

鉴于沙逊家族曾与罗斯柴尔德家族联姻，也有人喻沙逊家族为"东方的罗斯柴尔德"。

一位传记作家说："在过去的一千年里，沙逊家族的人从未出过错。"

燕尾服，剑桥英语，高塔礼帽，沙逊爵士已历练成富豪夹持绅士夹持贵族夹持浪荡子的混合版本，携着世界富豪排行榜第五或第六的耀眼头衔，赴上海主持家族业务。从此，他成为魔都上海传奇的一部分——Sir Victor Sassoon/维克多·沙逊。

在此之前，他贩卖过鸦片。而今，他一手金融，一手地产，高歌猛进，扶摇直上。

——1926年，他以王的姿态、帝国版的财富，实施建造沙逊大厦——泰姬马哈一般奢华壮丽的摩天楼。

沙逊以偏执的极端的无与伦比的浪掷豪奢的审美和财富，亲自督建。

"百年老店"英国公和洋行（P&T巴马丹拿集团）承担设计。

上海外滩一半的建筑均出自此家。包括汇丰银行大厦和海关钟楼。

总设计师乔治·威尔逊的品位，与沙逊并驾齐驱。

金字塔屋顶、花岗岩贴面、黄铜旋转门，象征着王，象征着资本以及帝国的坚固。从开业那天起，华懋饭店便被媒体唤作酒店业中的凯迪拉克、遗落在远东的伊甸园；国际豪华游轮为之在上海停泊；《环球旅行》杂志将华懋饭店列入必须签到的 Top 名单，登记册上布满世界顶级名流的签名。

1929 年 7 月 31 日星期三，《字林西报》(*North-China Daily News*) 刊登了华懋饭店将于明日开业的新闻。

华懋饭店的开业，拉开了魔都爵士时代的天幕。

南京东路 20 号，"形形色色的命运交汇于这短短的一行地址里"。（加拿大学者高泰若）它以超越历史想象力的梦幻，聚集了一批魅力无穷的人类。

说起这座宫殿，人们会串联起法国巴黎丽兹酒店，意大利托斯卡纳玫瑰城堡酒店，瑞士洛桑美岸皇宫酒店，葡萄牙里斯本的帕拉西奥埃斯托里尔，加拿大渥太华埃德蒙顿费尔蒙城堡酒店，奥地利维也纳帝国酒店，英国伦敦萨沃伊酒店，印度孟买泰姬马哈酒店，土耳其伊斯坦布尔马尔丹宫酒店，美国华盛顿DC丽思卡尔顿酒店——

这座站位外白渡桥边的建筑，独特的美学表达，呼风唤雨的传奇总经理和神秘的幕后主人，庞大的历史意蕴、不可一世的世界拥趸、权力、财富和幻觉的集合体，成为一部极具梦幻的酒店进化史、城市浪漫曲。

沿用张爱玲的句式：一袭华美的袍，缀满了祖母绿。

入住维克多·沙逊的华懋饭店，建议携带的书单如下——

美国作家菲茨杰拉德的小说《了不起的盖茨比》，可作为酒店的剧本或者导览——

沙逊大厦建造初期

沙逊于沙龙与女伴

新钱旧钱，老贵族新贵族，政客、捐客、嫖客、过路客，作家、艺术家、美食家、旅行家、冒险家纷纷于此登场，遮蔽了浩瀚星空——

《飘》里的郝思嘉、白瑞德、艾希礼；

《复活》里的聂赫留朵夫、玛斯洛娃；

《唐顿庄园》里的爵爷、大小姐、大表哥；

《魂断蓝桥》里的玛拉、罗伊；

《卡萨布兰卡》里的伊尔莎、里克、维克多；

《高老头》里的拉斯蒂涅；《红与黑》里的于连；《尤利西斯》里的布鲁姆；《威尼斯之死》里的漫游者和美少年；

收梢的当然应该是《追忆逝水年华》——

出入华懋饭店的部分人中，后来都被诊断患有佛罗伦萨综合征。他们的症状是头晕、呼吸急促、心动过速、幻觉或者晕厥。综述便是被绝美的幻境袭击。

这种病很罗曼蒂克。

维克多爵士，习惯垂下眼睑，轻快地瞧着这些梦幻的、纵情的人们，一如电影《了不起的盖茨比》剧照——他以非凡的创造力，不断地为这个场面添加炫目、神秘的色彩，不放过每一片飘来的美丽羽毛。

他是局中人，也是局外人。

午夜降临，他站在大理石铺设的台阶上，藏起非凡的野心，向人们挥手道晚安，然后，进入电梯，直达宫殿的顶层。

他的飘然而去，令无数名媛想入非非。

3. 咖喱星期四

他的爱好显而易见——赛马，雪茄，摄影，社交，宴会，女人，当然，还有咖喱。

1932年1月28日，周四。

每逢周四，沙逊爵士的午餐菜单必是咖喱。调料便是著名的超级辛辣的"沙逊咖喱"。

为沙逊爵士主理周四午餐的厨师，来自"阿拉伯海边的一颗钻石"——孟买的泰姬马哈酒店。

这天，厨师推出的前菜是印度次大陆传统炖菜，起源于莫卧儿帝国，基调是香菜末、孜然粉、姜黄、丁香、豆蔻、肉汁等混合料汁。主食为咖喱鳟鱼和橘子煎饼。

印度菜犹如印度这个国家，构成复杂；作为香料王国，印度厨师有无数排列组合，力求做到香料和食材的完美平衡。

咖喱周四的饮品经常是英国巴斯大麦啤酒。

沙逊确信，没有啤酒，就没有埃及的金字塔。

印度咖喱的辛辣与英国啤酒的苦涩，是沙逊的"呼愁"。

啤酒丰满的泡沫在杯壁挤挤挨挨，丝丝低语，沙逊拿起纯金雪茄剪，在哈瓦那雪茄头部切出一个新月形，火光一闪，法国拉利克的灯罩下，他的唇边，开出一朵花儿。

混合着松木、坚果、黑咖啡的味道——沙逊的脑屏幕上，出现了伦敦的母亲、剑桥的女友——他总是在这样的时刻复盘自己的过往。沉下去，沉下去，潜入最深的海域——欢愉或者痛苦，他在所不惜——

突然，巨大的撕裂声浪震动、摇撼着大厦；家具、餐具、站立的人开始倾斜、移位；他恍惚觉得他驾驶的战机失控了，俯冲下来，将他浪掷出去，一切都在空中飞舞；一阵剧烈的痛疼、晕厥、死亡的寂静，他摸索到了拐杖，他走向阳台——天空，悬着的太阳，闪烁不定，随时准备坠落；江面上，水雾之中，小吨位的船只，如浴缸里的塑料玩具，晃来晃去——中国军队在距离日舰"出云号"50码的地方，引爆了一枚水雷。

日本人将战争带到了他的帝国大厦门口。

他抓起相机，跨入电梯，他不惧怕鲜血和死亡，他需要记录发生在他眼前的事件。

他站在自己建立的大厦正门，单手举起相机；忽地，一颗子弹擦过他的右耳，军人本能反应，他立即卧倒，用不易觉察的极其细微的动作观察周边——子弹来自一位中国士兵，击碎了酒店的一块玻璃。士兵解释，他看见沙逊举起相机，以为他是狙击手——

沙逊驱车法租界，在金神父路的马立斯别墅，他见到了《字林西报》掌门人。去年夏天，在孟买，他对《印度时报》的记者说：他已决意退出印度半岛。这篇报道分别刊登在纽约和伦敦报纸头条。当然，此刻，他还没有十足的理由后悔把沙逊家族的经营从印度转移到中国上海。

他问《字林西报》的董事长马立斯："我的泰坦尼

克号不会沉没吧?"

马立斯道:"一周前,日本海军登陆杨树浦码头,距离您的华懋大厦只有四英里,十二艘驱逐舰已经从长崎出发,目的地是上海。日军向上海闸北中国驻军进攻,中国将领蒋光鼐、蔡廷锴率第十九路军抵抗。"

沙逊道:"如此看来,日本和中国的冲突已经蔓延到上海了。"

都铎风格的马立斯别墅,尼德兰时代的红砖,华丽的锤式屋架,胡桃木护墙板,绿色琉璃玻璃镶嵌的壁炉,维多利亚挂钟;他们分别坐在宽大的沙发上,陷落在黄昏的暗影里,忧心忡忡——

晚餐前,沙逊回到饭店,大堂经理趋前,为他拉开铰链电梯的护门。

中方将军派来的副官等候在他的办公室。他是专程代表中国军方为那位鲁莽的士兵来道歉的。他战战兢兢地奉上一盒比利时巧克力。

沙逊的晚餐很简单,鱼子酱卷饼,一杯苏格兰威士忌。

身后,女人的高跟鞋,可可·香奈儿5号香水,中和了威士忌的焦麦味——茀丽茨飘然而至。

复古低腰连衣裙，外搭白狐皮草——她有一副构造艺术的身体。茀丽茨夫人来上海之前，曾是好莱坞的演员，一直活跃在巴黎和纽约艺文沙龙。侨居上海后，她的沙龙，成为中西文化交流的顶级客厅。

第一时间给他安慰的总是女人。

茀丽茨夫人闪烁着明星的光彩。她捡起盘中的一块荷兰硬奶酪，安静地坐在他的对面。

沙逊示意管家为夫人调制他的招牌鸡尾酒，"绿帽子"。

沙逊家族的第四代，对美食、时尚精益求精。

每年的一月一日，沙逊都会记录过去一年鸡尾酒的配方。这款"绿帽子"的配方，由2/9杜松子酒、2/9君度酒、2/9薄荷酒、2/9法国苦艾酒以及1/9柠檬调制而成。

倚靠在阳台边缘，他与茀丽茨夫人望着黄浦江面——

哥特式的海关大钟，仿制伦敦大本钟，每隔半点，铜锤击打，威斯敏斯特报时曲绵延数里，盖过了轮渡的汽笛。

弗丽茨将阿姆斯特朗的 *West End Blues* 黑胶唱片放进唱机——迷人的小号，弗丽茨夫人，香槟色的裙带拖曳在地上，如一支毛笔，轻柔地书写着狂草——沙逊不愿拄着拐杖跳舞，他微笑着观赏着弗丽茨夫人；阿姆斯特朗嘶哑苍凉的声线，颇为契合沙逊的情绪。

他取出一本书，缎面封皮，系一条蒂凡尼淡绿色缎带，奥地利诗人里尔克的《旗手克里斯多夫·里尔克的爱与死亡之歌》，附带了那盒中国军方表示歉意的比利时巧克力。

"你可以回到修道院阅读。"（弗丽茨夫人的府邸，法语为修道院公寓）

沙逊的嘴角，浮出一抹邪魅的微笑。他总知道如何恰如其分地讨好女士。

楼下，"马和猎犬"酒吧，夜生活才刚刚上演。

国王尺寸的床，太多的空白。

他极少与女人共寝。

无眠。太多的大事件依仗他的头脑。

他的表弟揶揄他：总有一天，有一位绝代佳人，用金风玉露，魔法一般，将你几十年的不婚主义一笔勾销。

他有如菲茨杰拉德笔下的盖茨比，无论多么炽烈的感情、多么鲜活的生命力，都无法销蚀他心灵中所堆积起来的鬼魅一般的青丝爱情。

此刻，他忧虑着他的商业帝国，并且为每一次的枪声颤抖。

1932年"一·二八"淞沪抗战，在英美法多方斡旋之下，中日签署了《淞沪停战协定》，上海成为非武装区。

沙逊在酒店举行了庆祝派对。

那晚，几乎所有到场的宾客，都醉倒在"巴黎之花"的酒瓶旁。醉又何妨？拿了客房的钥匙，继续消费剩余的热情和狂欢。

第二天的早餐桌上，多了一份俄罗斯鱼子酱，自然是沙逊爵士的慷慨。

事实上，大饭店一年四季，宴会、舞会、音乐会不断。周六晚上的华懋舞会，更是全城向往的盛事。收到

上海爵士时代,
开设舞厅夜总会绝对是名利双收的好营生。除了沙逊的"仙乐斯"等一众各领风骚的舞厅俱乐部,位于愚园路上的"栀子花夜总会"也是一个范本。俄国著名艺术家Vertinsky,与项美丽同年到达上海,开办了"栀子花夜总会";他襟前的白色栀子花、免费的香槟、以他名字命名的鸡尾酒,以及爵士乐,是上海数万俄国侨民乡愁的"邮票"。

沙逊镜头下的美国作家项美丽

沙逊镜头下的女性

沙逊的日常抓拍：
镜头下的上海少妇，麻将桌上，心无旁骛

沙逊与玛琳·黛德丽（右一），
玛琳·黛德丽为著名德国演员兼歌手，
主演电影《上海快车》《控方证人》《莉莉玛莲》等。
1999年美国电影学会评选为百年来伟大的女演员第9名

沙逊镜头下的上海跑马厅

邀请的宾客均为重要人物；魔都上流社会，收到沙逊的邀请，如同收到奥斯卡颁奖礼晚宴之请柬。

1935年，沙逊已然成为上海地产首富，旗下物业均集中在黄金地段。

此时，宋子文任董事长的中国银行，在国民政府垄断的金融体系"四行两局"中排名第二。中国银行在原址上重建大楼，按原计划打算盖34层，以显示政府的经济实力。正在施工时，与之比邻的沙逊大厦业主沙逊竟然蛮横地予以干涉：在英租界造房，高度不准高过英资建筑。

在半殖民地的中国，外国租界是"国中之国"，中国银行与沙逊的官司，最终打到伦敦，由英国的法院判定沙逊胜诉。结果，中国银行大楼只盖了17层，比沙逊大厦的金字塔塔顶低了30厘米。工程改由外商设计、承包施工。维克多·沙逊的殖民者本质暴露无遗。

华懋饭店的旋转门，无数名流进进出出。

外国名流，还有中国的巨贾、政界的宋子文、孔祥熙、吴铁城、张嘉璈、李铭、贝祖诒——他们闭门长谈。沙逊向中国红十字会、中国水利项目捐款；他购买国民政府的债券、参与周旋英国退还庚子赔款的部分的谈判——这一系列的重大项目,沙逊爵士处理得驾轻就熟——他似乎忽略了希腊神话伊卡洛斯的翅膀被太阳烤焦的隐喻。

他坐在大厦三楼的办公室。这间办公室诞生的计划,都是宏伟的、影响远东甚至世界的。

"上海滩是伟大人物的猎场,而维克多·沙逊是伟大的猎手。"人们如是说。

春天,他抵达伦敦,看望母亲和妹妹们。她们是他努力维护沙逊家族荣耀的责任和动因。

在母亲面前,他始终是一位高尚、谨慎、有责任有担当有卓越才华的长子。

然而,对中日战争的忧虑,折损了他的健康。

伦敦,他的私人护士佐拉见到他后,深为心疼。仅仅一年,他一头缎子般光滑的黑丝已成胡椒盐,俊逸的面庞,出现了苍老的纹路。

4. 黑色星期六

1937 年 8 月 14 日,淞沪会战第二天,中国空军大举出动，轰炸了黄浦江上的日军军舰，击落了多架日机。因此，这一天被确定为国民政府的空军节。也是这一天，上海最繁华的外滩和大世界游乐场，意外落下炸弹，造成了数千无辜平民的伤亡。

上午九时许，华懋饭店位于南京东路的前门，一枚1000磅的重磅炸弹，炸出了一个深坑。后来成为英国著名作家的巴拉德，那天正与父母在酒店里用早餐，目睹了战争的不讲理。

下午三时许，法租界著名游乐场大世界门前，如平日一般挤满了汽车、黄包车和行人。大世界作为临时难民收容所，接纳了为躲避战火而涌入租界的数千名难民。两枚500磅炸弹突然从天而降，第一枚炸弹落在十字路口的沥青路面上，第二枚炸弹则在离地面数米的空中爆炸，弹片四散。

事后统计，爆炸中的伤亡高达2021人，其中死亡人数1000人之多。受难者尸体从爱多亚路（今延安东路）一直排到跑马厅路（今武胜路），残破不全的尸体则装了二十多辆卡车，繁华游乐场顿时成了人间地狱。

那日周六,史称"黑色星期六"。

上海租界的安全神话就此破灭。

对中国空军来说,8月14日是荣耀的日子,但对上海、对沙逊和沙逊家族来说,8月14日是黑暗的日子。

生活在上海的西方人真切感受到了战争的危险。

西方各国驻上海的领馆,向上海市长俞鸿钧提出强烈抗议,要求中国空军飞机今后不得飞越租界上空,甚至施加压力逼迫中国军方停火48小时,以便外国侨民撤离。

中国方面没有明确接受西方的停火建议,但15、16日两天,中国军队确实暂缓了对日军的攻势。

维克多·沙逊在泰姬马哈酒店收到了这个黑色信息。

他焦躁,踱步,俄而,啜一口苏格兰威士忌,缓解下肢关节的痛疼。

5. 飘摇的诺亚方舟

1938年3月,德国吞并奥地利后,反犹活动愈加猖狂。

奥地利是欧洲第三大犹太人聚居地，仅维也纳便有17万人。离开就是生存。犹太人纷纷想办法离开奥地利。

离开必须获得目的地国家的签证。

1938年7月12日召开的关于犹太人问题的国际会议上，与会的32个国家的代表都强调自身的困难，不愿收容犹太人。

成千上万的犹太人奔走于各领事馆之间，但毫无结果。

中国驻维也纳总领馆领事何凤山，对犹太人的处境深为同情，从人道主义立场出发，向犹太人敞开了签证的大门。

据不完全统计，经他救助拿到中国上海签证的维也纳犹太人多达数千人。

他的举动引起纳粹当局的不满。

纳粹以中国总领事馆的房子属犹太人的财产为借口，强行没收。总领事馆只得搬家。

总有告密者。有人向外交部打报告，诬言何凤山向犹太人出卖签证。外交部将何凤山调离了维也纳。

1939年,约有1.5万名欧洲犹太难民抵达上海。加上之前1918年后,经西伯利亚、哈尔滨迁徙上海的俄裔犹太人,上海境内的犹太难民接近3万。

沙逊在纽约访问期间,坦率地表达了对远东危机的看法。

途中,他收到一封悲伤的电报——他的叔叔"农基"在上海去世。这位锦衣玉食的长辈,留下遗嘱——棺材要用水晶和黄金制成。即使死了,也要继续挥霍。

二月,维克多·沙逊从美国回到上海。

他首先去祭扫叔叔。

接着,他被犹太难民救援组织包围了。他们几乎像迎接救世主那样迎接了他。

随着纳粹迫害犹太人的行动一浪高过一浪,犹太人纷纷逃离居住国。除了对全世界敞开大门的上海,他们可去的地方极少。在美国,1924—1929年的《约翰逊移民法》,给予北欧国家的难民避难优先权,但限制其他任何国家的难民进入。其他国家的移民政策与美国大同小异。

犹太人的处境进入死循环。

有位犹太人这样描述他的困境——

1933年，他离开德国前往西班牙。

三年后，西班牙内战爆发，他前往意大利。

1938年，他逃到瑞士，当局只准许他停留四周。他决定前去投靠住在厄瓜多尔的亲戚，再转道巴黎。他通过代理人拿到了前往厄瓜多尔的签证。他到达厄瓜多尔后，被拒绝入境。在其他南美国家，他的遭遇同样如此。最后他打电报给德国的亲戚，要求邮寄一张返回欧洲的飞机票。在欧洲，无论是法国还是瑞士都不准他入境。意大利允许他停留24小时。在此期间他买了一张前往上海的船票。到达上海后，他才松了一口气。他发现这个城市不需要签证、宣誓书、警方证明书或者经济独立的担保书，唯一需要的是海关检查，但即使海关检查也非常宽松。

纳粹德国规定，犹太人离境时每人只能携带10马克现金。来到上海的难民个个囊空如洗，他们首先迫切需要解决吃住的问题。

还在美国时，维克多·沙逊爵士就拍电报给上海塞法迪犹太人社区的领导人，建议成立一个救助犹太难民的组织。

1938年8月7日，旨在救助犹太难民的"欧洲来沪移民国际委员会"正式成立，维克多·沙逊担任主席，负责实际工作的首任秘书是匈牙利犹太商人保罗·科莫尔，所以这个委员会也被称为科莫尔委员会。

每艘客轮带来大约700名难民。

为了接待蜂拥而至的犹太难民，维克多·沙逊将豪华酒店公寓河滨大楼作为接待站。

河滨大楼（Embankment Building），平面设计S形，不仅便于大楼内部采光和通风，亦契合了沙逊的首字母；中央暖气，冷热水管兼备，装潢极尽讲究。公寓的大平层，最多时安置了70张帆布床。难民们在铺着昂贵地毯的走廊，排队等候使用盥洗设施；在法式柚木大餐桌旁，等候一碗烧焦的米饭。

科莫尔委员会的总部设在维克多·沙逊的华懋饭店。

维克多·沙逊还允许科莫尔委员会免费使用华懋饭店内的一间店铺。这间店铺变身为一家旧货店，犹太难民把从欧洲带来的诸如水晶玻璃器皿、裘皮衣服、银器、瓷器等物放在店内寄售或抵押。这家店铺还经销精美的手工艺品,出自犹太女性的制作。这个生产车间也由维克多爵士出资;商店所赚取的利润,全部捐给科莫尔委员会的牛奶基金,特供难民中的老弱病残。

在1939年和1940年间,无论是重庆的中国政府,还是上海公共租界的工部局,都曾考虑过安置犹太难民的各种计划。中国官员建议在海南岛建立一个犹太人居住区,但这个想法不得不被放弃,因为海南岛很快被日军占领了。美国官员建议在菲律宾群岛上安置一万名犹太人。菲律宾当地农民担心犹太人的竞争会损害他们的利益,政府对这个建议便也敷衍了事。

最雄心勃勃的犹太难民安置设想,由上海犹太商人雅各布·伯格拉斯提出。1939年,他制定了在中国云南境内安置十万名犹太难民的计划。计划得到立法院长孙科的支持。孙科相信,中国可能从善待犹太人中获取实质性利益。

中国政府对这个计划进行了秘密的内部评估,最终因为领土主权、宗教信仰、种族差异等诸多重大问题而搁置了。

有传言称，维克多·沙逊在巴西购买了两万平方公里的土地，用来安置来自德国和奥地利的犹太难民。但巴西政府规定，只有掌握了实用技能的犹太人才能进入巴西，维克多的计划亦搁浅。

安置犹太难民的巨大压力继续滞留在上海。

人满为患。

上海犹太难民救济组织因经费短缺、粥少僧多而难以为继。

科莫尔委员会在1939年2月14日的报告中说："我们在物质上已无力应付这个局面，除非全世界的犹太人帮助我们，使我们能继续救济工作，然后指引前来的移民到别的城市去落脚谋生。"

科莫尔委员会还为护照被没收或者失效的犹太难民发放国际身份证，使犹太难民在上海获得"合法"地位。

保罗·科莫尔曾希望这种身份证得到国际上的承认，成为名副其实的"国籍身份证"。但随着太平洋战争的爆发，这种身份证完全失去了效用。

维克多·沙逊不断地为犹太人提供免费物业、美

一颗炸弹,落在沙逊大厦正门口

1931年,
沙逊洋行拆除原有居民区,兴建公寓式楼宇河滨大楼。
公和洋行设计、新中营造厂建造。该公寓主要面向英美等西欧侨民出租。
二战期间,沙逊开放公寓给犹太难民。

华懋公寓（Cathay Mansion），今锦江饭店北楼又称锦北楼，俗称"十三层楼"，位于上海长乐路189号，英籍犹太人沙逊所建的高级公寓。哥特式建筑风格，建于1925年，由公和洋行设计，王荪记营造厂承建，1929年建成，时为上海最高大楼。知名作家张爱玲曾短期居住。

峻岭寄庐（The Grosvenor House）
又名峻岭公寓，或音译为高纳公寓、林文纳公寓，现属锦江饭店。
沙逊产业。建于1934年，位于迈尔西爱路（今茂名南路）路口东侧，
公和洋行设计，主楼地上高18层，地下3层，呈五折环形，包括77套公寓；
西部沿街附属建筑3层，高18米，建筑风格属装饰艺术派。
海上闻人杜月笙曾居此。

上海西郊，沙逊产业之一：伊夫别墅（Eves），摄于1937年

上海西郊,沙逊别墅,周末西侨在沪的日常生活(左二:沙逊)

元、就业机会。

上海市民也纷纷接济处境困厄的犹太难民。

"新感觉派"作家刘呐鸥当时居住虹口,他拍摄了一段犹太难民影像资料。多年以后,艺术家陈逸飞也曾就此题材拍摄了一部纪录片《逃亡上海》。

鉴于维克多·沙逊在上海的地位和影响力,日本人竭力拉拢他。但是,沙逊爵士的反日立场始终鲜明。

为了犹太难民的妥善安置和公共租界的商业利益,他暂时隐藏了对日本人的不满,小心翼翼地对待日本的核心人物。

日本官员在华懋饭店住宿或者用餐,均得到了谨慎周到、彬彬有礼的招待。

二战前后,华懋饭店成了各国军事和外交人员主要的活动中心,其中自然不乏各国间谍、密探、刺客、便衣警察。

1939年7月13日,维克多·沙逊飞往香港,中途在东京停留。他当着日本海关官员的面,直截了当地指责日本政府应该对英日友好关系的恶化负责。他说,如果他的同胞在上海公共租界经商变得困难,他和其他许多人将毫不迟疑地把一切资产迁往香港。

日本官员目瞪口呆。

到达纽约后,他在电台宣读了一份东北犹太难民发给他的电报,抗议日本占领军的残忍对待。

确定无疑的是,日本已不指望他在中日之间保持中立态度,更不指望他支持轴心国。他正在变得几乎故意地对抗日本人。

维克多·沙逊嗅到了战争的危险,开始谨慎地从上海撤资。

1939年9月1日,德国入侵波兰。9月3日,英法对德宣战,第二次世界大战爆发。

战争开始不久,维克多·沙逊变卖了两块珍贵的蓝宝石以及一批翡翠项链,所得全部捐赠给英国皇家空军。

他支持在上海新设立的英国战争基金,个人捐款2万英镑。

英军撤出上海公共租界,调往新加坡驻防。这是维克多·沙逊一生中最难受的时刻之一。官兵们上船时,脸色是阴沉的。美国水兵为他们送行,演奏的曲目是

《你们是否不再回来？》。

日本人对维克多·沙逊保持着克制。但德国纳粹已被维克多·沙逊的言行激怒。他们注意到，他在孟买为英国积极筹措战争物资。

纳粹头目之一戈林，在广播电台上公开抨击沙逊是有害的"好莱坞花花公子"。

维克多·沙逊对这顶帽子颇感兴趣。

面对维克多·沙逊的强硬态度，日本方面开始采取怀柔政策。

日本军官不断出入华懋饭店。

一日，日本官员在华懋饭店设私宴招待维克多爵士。

日本军官一面喝着白兰地，一面对维克多·沙逊天花乱坠，继而暗示，如果中国的钞票变得一文不值，新沙逊帝国无疑将会崩溃。

维克多·沙逊不动声色道："这与我无关，我已负债累累。"

"负债累累？沙逊家族的成员会负债累累？"日本官

员怀疑地摇了摇头。

"当然。"维克多·沙逊取下单片眼镜,仔细地擦拭。

"你必定明白,当强盗正在抢劫隔壁邻居时,一个人把钱藏在家里是毫无意义的。"

日本官员勉强挤出一点笑容:"请告诉我,究竟为什么您如此反日?"

维克多爵士点上一支雪茄,燃着,并不去抽它,道:"我不反日,我只是亲沙逊家族并且非常亲英国而已。"

谈不下去了,各自散去。

1941年1月23日,怡和洋行经理、公共租界工部局总董威廉·恺兹威,遭日本人枪击。

维克多·沙逊在上海的处境变得越加危险。他怀疑他的电话被窃听。他习惯性地戴上了以前英国皇家飞行团的领带,随身配枪。他命令各级主管把可疑的间谍和造谣生事者从新沙逊洋行及其下属公司清洗出去。

一些政治嗅觉敏锐的外侨开始逃离。

一日,沙逊表弟发现酒店保险箱内的现金不见了,大惊失色；巡捕房警探迅速降临酒店，严密排查。此时，已是午夜，沙逊回到酒店，见此阵仗，忙将表弟、警探请到顶楼客厅，取出白兰地给诸位压惊后，用英国人的幽默，如此这般，描绘了现金的去向。总之，是他违反公司规矩，私自挪用了公款——为了帮助一位法国女子和她的孩子离开上海。

1941年春，表弟奥瓦迪亚力劝维克多·沙逊离开上海。

维克多·沙逊飞往旧金山。

他对美国记者说："日本的国内形势一团糟。劳动力供应短缺，效率低下，机器因缺乏维修而不能正常运转。"

谣传，纳粹联盟的成员或者日本枪手可能希望他闭嘴。联邦调查局坚持派遣两名特工暗中保护。美国政府不希望在美国本土发生英国富豪被枪杀的事件。他勉强同意了。但他还是躲开保镖，在哈莱姆区度过了一个买醉的夜晚。

当年6月，他从洛杉矶起飞时，在机场宣布，

"阻止希特勒的可靠方式"将是在美国、英国、澳大利亚和加拿大之间建立一个世界民主联盟。

1941年12月7日,珍珠港事变。英美等国成为日本的交战"敌国"。

1942年10月1日,日本占领当局开始在上海租界实施"敌侨"佩戴臂章的制度。一切"敌国"侨民凡年满十三岁者,均须佩戴红色臂章,臂章上写有一个代表不同国籍的英文字母,"A"代表美国,"B"代表英国,"N"代表荷兰,其余各小国一律用"X"代表。

陶菊隐先生在《大上海的孤岛岁月》中说:

自实施臂章制度以来,被称为"敌侨"的外国人便由以前的特权阶级降为被歧视的"少数民族"。在日本侵略者未把他们圈禁在集中营以前,他们依然抱着得过且过的心情。汽车被日本人"征用"了,他们就踏动着双轮自行车,每晨上街买菜,黄昏时候,常见双双情侣,并肩驰骋于沪西郊区一带,他们真有一种"不堪回首"之感。

11月9日,日本驻沪陆海军最高司令贴出布告,宣布冻结"敌侨"的全部不动产。

日本人不但接管了"敌国"在上海的所有银行和企业，而且对其强占的"敌国"企业的大楼更改名称。汇丰银行大楼改名为"兴亚大楼"，亚细亚火油公司大楼改名为"善邻大楼"，字林西报大楼改名为"大同大楼"，有利银行大楼改名为"共荣大楼"，美国总统轮船公司大楼改名为"同文大楼"。

日本占领当局将第一批"敌侨"拘禁在浦东的"敌侨集中营"。被拘禁者以男子为限，妇孺仍可留在家中。日本人准许"敌侨"携带罐头食品进入集中营。一时，市面上的罐头食品被抢购一空。英国作家巴拉德一家，则被关押在龙华集中营。

维克多·沙逊逃脱了被拘禁于集中营的苦难，但他在上海的若干主管，一度被日军拘押在虹口北四川路的大桥大楼。

6. 九点一刻俱乐部

每晚9点15分，沙逊大厦九楼，放映英美影片。就此成立了一个名为"九点一刻"的俱乐部。

会员分为基本会员、准会员和嘉宾会员三种。

俱乐部所得款项，捐给英国战争基金。

放映电影《大地》，沪上各个外侨俱乐部的成员几乎都来了。加座也无济于事，男士们便站在后排，有香槟威士忌雪茄支撑，并不是一件难事。

电影根据美国作家赛珍珠同名小说改编。她凭借这部小说获得1938年诺贝尔文学奖。

《大地》开拍前，剧组在中国华北、华中地区考察了六个多月，拍摄了15万英尺长的胶卷，三千张照片。

导演西德尼·富兰克林在加利福尼亚租了五百英亩土地，修建了中国道路，种植了中国庄稼，打了中国的水井，甚至还修筑了一段长城；家具、服装、乐器，均从中国购置；甚至耕地的黄水牛也从中国空降；临时招募的华人演员多达2000人以上；剧本历经16次修改。

男女主角均由好莱坞白人演员扮演。

这部米高梅电影公司出品的作品，获得了第10届奥斯卡最佳女演员、最佳摄影奖。

局中人王龙念着台词："当人们开始卖地时，就是这个家的末日。我们从土地上来，还必须回到土地。"

美国《纽约客》专栏作家项美丽俯身耳语沙逊：

"雾里看花。赛珍珠写的是她对中国的想象,而不是真实的中国。"

沙逊颇有同感。

二人并肩莞尔。

沙逊爵士曾不动声色地赠送给项美丽跑车、美金、香槟、巴黎丝袜、乡村俱乐部的度假。

影片未完,沙逊提前离场。

项美丽却全神贯注。

影片中精致的服道化,譬如雕花床楣、镂空窗格、大镶大滚的绸袄、鬓间簪花、翡翠烟枪,以后,逐一出现在项美丽的小说里。

在好莱坞黄金时代的电影里,上海是中国的代名词,是西方人对于东方人的幻想。

九点一刻俱乐部安排的影片,具有历史、政治、文化上的逻辑性。

《大地》之后,排出三部关于上海的好莱坞经典影片。

——

排片表一:《上海快车》(*Shanghai Express* 1932)

影片改编自亨利·赫维的小说《中国的天空》(又称《中国车票》)。

小说来自历史事件：1923年5月6日山东军阀占领了上海至北京特快列车，劫持了25名外国侨民、300名中国人作为人质。其中军阀一角影射了山东军阀张宗昌。

德国裔演员玛琳·黛德丽扮演"上海莉莉"，从事茶花女式的职业。

华裔女演员黄柳霜的人设似乎脱胎自法国小说《羊脂球》。

头等车厢里，美国富商、德国病人、神学博士、俄罗斯夫人、无阶级的美女，以及战争、暴力、阶级、爱情、怀疑、暗杀、决斗、牺牲——

这部电影击败了全明星奥斯卡最佳影片《大饭店》(1932年)，成为当年票房最高的佳片。

黛德丽那张迷人的破碎的脸，打动了九点一刻俱乐部的所有人。

沙逊爵士说：所有迷恋黛德丽的男人，也是不敢娶黛德丽的人。

《上海快车》拍摄期间，主演黛德丽、黄柳霜下榻华懋饭店，在沙逊的安排下，度过了一段曼妙的"私人生活"。沙逊的相册里保留了他和黛德丽的合影。

1936年，黄柳霜在上海拍摄风光片时，沙逊位于外白渡桥两岸的建筑，成为她旗袍的摩登背景。

人们隐约感觉，华懋饭店，恰是这列火车；他们在影片人物身上，找到了自己的处境和未来命运的暗示。

排片表二：《上海的女儿》(*Daughter of Shanghai* 1937)

影片大意：

几个外国走私犯被政府飞机追踪。他们要求中国富商林泉帮助他们逃脱，并以死亡威胁。

为了拯救父亲，林泉的女儿寻求上流社会玛丽·亨特夫人的帮助。而亨特夫人正是这个走私集团的幕后主使……

2006年，这部电影被国会图书馆选为美国国家电影登记处的保护资产，因为它具有"文化、历史或美学意义"。特别是华裔演员黄柳霜的表演，受到普遍赞扬。

排片表三：《颜将军的苦茶》(*The Bitter Tea of*

General Yen 1932）

改编自格蕾丝·扎林·斯通 1930 年的同名小说，讲述中国内战时期，一位美国传教士在上海的故事——跨种族的复杂恋情。

这部影片的背景依旧是上海，导演将上海隐喻成一座赌场。爱情、欺骗、阴谋、堕落——

电影毁灭、脆弱的美感，赋予曾经呆板、扁平的亚洲角色丰满的戏剧性和表现力。

九点一刻俱乐部成为租界外侨的命运共同体。

1939 年，二十六岁的费雯·丽，用《乱世佳人》征服了全世界。

"不管斯嘉丽做过什么，她都是一个很有魅力的人。但她从来都不是一个了不起的人……但她有一点很值得钦佩，那就是她的勇气。"

人们无法判断说清，究竟是《乱世佳人》中的斯嘉丽成就了费雯·丽，还是费雯·丽成就了斯嘉丽。

第二次世界大战在即，美国上下都像是中了魔咒，沉浸在这部美国南北战争和重建时期，关于爱情、迷失与生存的史诗故事中。而居住在上海的外侨，无论新贵族还是老贵族，基本具有两个特征：巨大的财富以及对失去财富的更巨大的恐惧。

据说，这部影片，丘吉尔反复观看了八十三次。

九点一刻俱乐部自然不会错过。

与丘吉尔一样，沙逊痴迷《乱世佳人》。

他在电影里读出了国事、家世、身世。当然，他也具有足够的美学知识欣赏费雯·丽、克拉克·盖博的表演。

弗丽茨认为，饰演白瑞德的克拉克·盖博，无论外形或是性格，与沙逊爵士均有诸多类似——讲究的白色西服，眉宇间的嘲讽和温柔，热衷马术，时常拿来做道具的拐杖，装饰性很强的胡须，60%绅士，20%柔情侠骨，10%浪荡，10%雅痞。

沙逊十分认真地听完了弗丽茨夫人的评价。

补充如下："我们不同的地方是，我是犹太人，我比他更富有。"说话间，他招牌的嘲讽又回到了嘴角。

"旧的已死，而新的却痛不欲生。"

这是他对这部电影的终结评鉴。

他拿起自己的酒杯，喝完了他的那杯"绿色伯爵"。

"Tomorrow is another day！"（明天，又是新的一天！）

"Tomorrow is another day！"

众人一起举杯附和。

另一部令女性动容、男士扼腕的影片是《魂断蓝桥》(*Waterloo Bridge*)。

1940年5月17日，该片在美国公映。

两周后，九点一刻俱乐部播放了此片。

梅尔文·勒罗伊执导，费雯·丽、罗伯特·泰勒等主演。

故事背景：1917年，第一次世界大战期间，伦敦，滑铁卢大桥。空袭警报响了，混乱中，年轻的上尉军官罗伊与芭蕾舞女演员玛拉相遇。

罗伊即将奔赴战场。午夜，两人在大雨中订婚。

在苏格兰的旋律里，他们相拥。

晨曦穿过树梢，洒落在他们的额头，蜡烛渐次熄灭，他们依旧着爱情的舞步——

不久，罗伊的名字出现在阵亡名单中。

被芭蕾舞团开除的玛拉，绝望失意混乱无助中，沦为应召女郎。

罗伊没有死,他回来了。

玛拉无法面对与罗伊的挚爱婚姻以及罗伊家族的显赫地位。

她来到滑铁卢桥,毫无畏惧地向一辆辆飞驰的军车走去……她如托尔斯泰笔下的安娜,用死来昭示自己灵魂的尊贵。

为了拼尽全力撕扯观众的心弦,费雯·丽首先撕碎了自己的心。她非常自然……她知道疯狂的滋味,懂得人之将死是什么感觉。

玛拉死后,罗伊再次来到他们相遇的滑铁卢大桥,从贴近心脏的口袋里取出玛拉送给他的吉祥物,苏格兰民歌《友谊地久天长》缓缓飘来,迷蒙了观众的双眼——

怎能忘记旧日朋友

友谊地久天长

往日我们情意相投

紧握手

举杯痛饮

怎能忘记——

那晚，从九点一刻开始，这部影片，循环播映至晨曦，在影片《友谊地久天长》的旋律中，人们相拥哭泣。

那一晚，客房全部售罄。

那一晚，沙逊身边没有女人。

秘书递上一份名单——他未接电话的名单。

床上，影片一帧一帧，在脑屏幕上闪回——

一战，伦敦，泰晤士河，查令十字桥，滑铁卢桥，滑铁卢地铁站，萨沃伊酒店——莫奈曾在萨沃伊酒店五楼窗口，绘制了滑铁卢大桥的日月星辰。

费雯·丽和奥利弗第一次见面，便是萨沃伊酒店。

十八岁的费雯·丽对闺蜜低声耳语："那就是我想嫁的男人。"闺蜜一怔。当时她和奥利弗各有家室。

半个世纪后，奥利弗仍清楚记得费雯·丽曾坐过的地方："除了在舞台上，那是我第一次看到那张精致的面孔，而她也看到了我……"

而沙逊第一次见到费雯·丽，也在萨沃伊酒店。

沙逊在伦敦观看过费雯·丽的舞台剧《道德的

1940年，
左起：费雯·丽、沙逊、劳伦斯·奥利弗
在电影《魂断蓝桥》片场

沙逊的马胜过了伊丽莎白女王的马

假面》。

费雯·丽以敏感、脆弱、倔强、温柔的气质,控制了全场观众的呼吸和目光——她美得令人窒息,以至于另外三位颇具知名度的演员完全沦为背景板。

同年,沙逊访问了美国好莱坞。他与曾经下榻华懋饭店的明星们叙旧。出席的演员有:查理·卓别林、劳伦斯·奥利弗、雷金纳德·加德纳、阿瑟·鲁宾斯坦、贝蒂·戴维斯、玛琳·黛德丽和费雯·丽。

沙逊保留了这次聚会的合影。

1950年的冬天,萨沃伊酒店,沙逊在烧烤吧庆祝他的马驹在"德比赛"中夺冠。

宴会后,他站在莫奈曾站立过的窗前——雾气锁住了滑铁卢桥,只剩得一个轮廓,他就是那个轮廓,包括他的商业帝国。

他无法忘怀的剑桥女孩也在这里。在伦敦。在别人的臂弯里。

爱是那么短暂,而告别是如此漫长。

电话铃。

母亲的声音。

母亲是一个象征,他唯一信任的女人。

1951年,沙逊去好莱坞探访茀丽茨夫人,与她一起观赏费雯·丽主演的《欲望号街车》。然后依循九点一刻俱乐部的惯例,他们喝香槟配鱼子酱三明治。

他说,这场战争结束了,也许没人能再度变得富有。

母亲曾对他说,人生在世,重要的不是爱什么人,爱什么东西,重要的是爱的本身,如果说有什么东西限制了爱,那一定是对生活全然无知造成的。

茀丽茨夫人念了一句台词:"是的,探照灯照不进爱情的沼泽。"

战时,九点一刻俱乐部,呈现了沙逊的家国情怀,成为外侨的精神家园,疗伤的心灵驿站,乡愁的邮票,世界酒店历史的唯一。

7."再见"的时刻

1948年,沙逊回到上海,希望做最后一次努力,挽救家族财产。

在这幢宏伟的大厦里,沙逊听见了警告。

他知道,离开的时刻到了。

入夜,躯壳携带着记忆,浸泡在浴缸里。

对面的浴缸空置着。

他的怪癖,不与同床的女子同浴。而这在家族男性的历史里,永远不是病态。

一阵火烧火燎的感觉浸漫过来——他的髋关节始终折磨着他——双份的威士忌,扩张血管,缓解痛楚。

彻骨的刺痛,来自那次因种族、信仰而毁灭的爱情。毁灭了吗?没有!一直都在那里,供他凭吊。

如今,他拥有一切,但却不能把一切奉献给他爱的人。

水中的躯体,怀念着剑桥时的青春皮囊。

凌晨三点,外滩,海关大钟冷漠准时机械地报时。

手腕的脉搏猛力一跳。他悲哀地无比清醒地意识到,他始终爱着她。夜色减退,她再次折叠、潜入记忆的深层。而他,躺在想象中的巨大的墓园里。他们隔得很远,最终将死在各自的一边。

1949年6月，中国人民解放军管制上海的消息登上各大报纸头版。

纽约。

维克多·沙逊，在律师的办公桌上读到了这则消息。

他摘下镜片，浓密的睫毛如女人的刘海，遮蔽了他的双眼。襟前的那朵粉色康乃馨随着左心房微微颤动；惯性的，他去取雪茄，手指在空中戛然停滞——桌上没有他的雪茄。他顺势划了一个半弧，在本该抽雪茄的唇边浮起一个微笑，一抹职业的微笑，一个情绪的支点。

他道："哦，好吧，事已至此。我放弃了印度，而中国放弃了我。"

语气平滑，如一匹苏州软缎；隐约的哀矜，几分莎士比亚的剧感。

1951年6月，沙逊大厦出租给政府，为期三年。租金一次性提前支付。

1952年，这一年的华懋饭店里，出现了一批特殊的客人，人称"303"。其时，全国开展"五反运动"，上海的一批大资本家被集中在华懋饭店五楼接受学习教育，一共是303户，简称"303"。303个上海滩最大的老板集中在一起，一色中山装，气势倒也不凡。

只是在学习的同时，也有人在关心：那个跷脚沙逊走了没有？

无论怎样，对于沙逊或是对于这303户上海资本家来说，一个旧的时代已经过去了，沙逊和那个时代的背影，已经被华懋饭店里资本家们热烈的学习气氛所代替。

此时，由于沙逊名下的企业长期拖欠巨额税款和债务，不得不将沙逊大厦等财产转让。最终，沙逊清算了他在上海的全部产业。

除了华懋洋行、业广地产公司、祥泰本行、安利洋行等企业商业、金融外，单是房产，便有沙逊大厦、河滨大楼、华懋公寓、格林文纳公寓、都城大楼、汉弥尔顿大楼、华盛顿公寓、凡尔登公寓、卡尔登公寓、仙乐斯舞厅、罗别根花园、伊扶司乡别墅等一千八百多栋楼宇。

珍珠白的天空下，一个苍凉的手势。

在资产被清算之前的1952年夏季，伦敦丽兹饭店，维克多·沙逊，与他上海时期的主要商业伙伴举行了告别午宴。

两台录音机，录下了他授权的信函、备忘录、新沙逊公司的一系列崭新的计划。

一次美国之行，他告诉记者，自己已经无法再预测未来的政治经济走向，就像无法预测女人下次会戴哪顶帽子一样。

他转动地球仪，选中了巴哈马。

他不纠结过往。

他以赛马的速度，在巴哈马首都拿骚买下了一栋殖民时代的宅子，大兴土木，将其打造成新的商业帝国的心脏。

维克多·沙逊一如既往地出类拔萃，但是比起上海时期，他变得更暴怒了。

伤残的腿永久性地毁灭了他的脊椎。

他不得不坐上了轮椅。

在纽约的牵引术后，他聘请了一位美国护士，伊芙琳·巴恩斯（Evelyn Barnes）。

从此，沙逊身边，有了一位身段玲珑、金发碧眼的女子。

伊芙琳的专业能力,以及高超的情绪控制力,成为大富豪不可或缺的支撑——另一根拐杖。

每一个清晨,沙逊醒来,第一个遇见的便是伊芙琳那张笑颜如花的脸庞。

沙逊的日记里,几乎每天都会出现伊芙琳·巴恩斯。

一篇报道称:维克多·沙逊爵士对这位护士青睐有加,一些国际名媛为此忧心忡忡。毕竟,他是全球最有钱的单身汉。

另一篇报道的标题是:"维克多爵士的护士成为美女们的克星。"

伊芙琳将大富豪带回美国老家——达拉斯的牧场。

伊芙琳的父母用烧烤牛排款待了这位传奇人物。

8. 成为新郎

伊芙琳摈弃了对富人的偏见,投入了沙逊的热情中——赛马、摄影、宴会;从容地应对每天的午宴、下午茶、派对。

沙逊的基因逐渐移植到伊芙琳身上,伊芙琳可以在飞机、轮船、茶桌上,与沙逊谈论马经。她也与沙逊一样,急切期待着每年在英国举行的德比赛马。

1957年,沙逊购买的红棕赛马"克雷佩洛",在德比马赛中神勇夺冠。沙逊抛弃轮椅,跑下看台,如忠实痴情的丈夫,拥抱了"克雷佩洛"。

皇家包厢里,他对女王伊丽莎白二世说:"我的赛马可以成为陛下生日阅兵的坐骑。"

女王幽默道:"我的神经过于衰弱,骑不了德比冠军马。"

那一年,女王三十岁。

当晚,沙逊在萨沃伊酒店举行庆功宴。

沙逊习惯用恰当的礼物博取女人的欢心。

他决定带伊芙琳去巴黎听歌剧。

美国作家菲茨杰拉德曾在那里创造了"爵士时代"。

沙逊对伊芙琳说:Cakes and Ale。

Cakes and Ale 是英国作家毛姆的一本小说。意思是寻欢作乐。

沙逊带着旅游指南,火车、飞机时刻表,歌剧节目单,还有伊芙琳。他开始重新涂抹他的肉身,撰写他的世俗生活。

他的秘书对他说:"你可以仿制普鲁斯特,4月20—29号,住在威尼斯,然后在复活节的早上到达佛罗伦萨。然后巴黎。"

"碧玉砌高墙,翡翠铺堤岸",沙逊引用了英国诗人拉斯金描述威尼斯的诗句。

巴黎站到了。

一家古董店的橱窗,一块翡翠勾住了沙逊。

上海时期的他,热衷翡翠。他的一些极品大多来自末代皇帝溥仪家族。华懋饭店的宴会上,职业外交家顾维钧的夫人黄蕙兰周身翡翠,他便提议与她赌翡翠。

黄蕙兰是顾维钧的第三任妻子,民国第一名媛,出身钟鸣鼎食之家,三岁生日礼物是80克拉的钻石项链,成年礼物是慈禧太后翡翠佛珠改制的双层项链;顾维钧为她订制的翡翠双手镯,堪称举世无双;无论家世和样貌,黄蕙兰都是妥妥白富美的剧本;在华懋饭店女宾的名单上,她大约是唯一一位敢与沙逊比拼财富的人。

两个翡翠死忠粉,而黄蕙兰又独有一腔民族情绪。

在众人面前下注后，经外交部引荐，她径直去找了北京的铁宝亭，购得一只溥仪兄弟手上流出来的翡翠青椒。此物大小如核桃，形态逼真，温润有方，通体纯净无瑕；据说那笔钱，在北京可以买一栋李莲英的宅子。

都是懂经的人，翡翠青椒一亮相，沙逊便承认自己输了，当场付了赌金。

也有人分析，这是沙逊散钱的一种高级方式。

此役之后，黄蕙兰委托路易·卡地亚为翡翠青椒镶了一个25克拉的钻石扣头。

望着橱窗里的翡翠，沙逊一阵虚脱，他知道，老之将至了。

巴黎的寻欢作乐才开始，沙逊的心脏终止了曼妙的行程。

病情很严重。医生的表情，如同一张死亡通知书。

时辰未到，上帝拒收。

伊芙琳的护理专业，使他获得了最佳抢救时间。

他的病情不允许他继续下榻在旺多姆广场的丽兹酒店。

他搬回了沙逊家族在法国的宅子。

他哪里也去不了,一种身不由己的无力感。

他在日记里贴了一张给自己的慰问卡,画面是一只躺着的大鸭子。

他写道:"我被禁足了?真是哭笑不得。我只是需要休息一下而已。"

伊芙琳守在他身旁,读报,读书,喂药,缝制他的战袍——赛马服。伊芙琳精致的脸,以及垂落在耳边的金色发卷,是他每天醒来的理由。他对厮守、相伴产生了依赖。

在他冗长的女性朋友名单中,伊芙琳成为第一章、第一段。

他对她的狂热,接近于纳博科夫的《洛丽塔》,中年男子对一个女孩的迷恋。他们相差三十八岁,一种绝望而深刻的时间动力——巨轮轰隆隆从他身上碾过,时代是仓促的,还有更大的磨难要来——

当她从身边再次掠过时,他修改了他一生的生活逻辑,他拽住她道:"让这成为永远,你愿意吗?"

"什么?"伊芙琳对大人物的决定不抱幻想。

他对伊芙琳说,"你一定是误会了,以为我必定有过很多次恋情。我不知道人们是如何驾驭爱情、处理失恋的。我真的不知道。大约我的叔叔们有更多的体会。我不确认,他们的第一次、第二次,或者第三次,是否都像第一次一样狂热,或者都比上一次有过之而无不及。我很清楚我自己,我就是这样的,最后一次,必定史无前例,死去活来。你是我的最后一次。命中注定。"

伊芙琳被砸晕了。

像大部分中产阶级那样,伊芙琳在著名的百货公司购置了一件牡蛎色的婚纱;沙逊则选购简朴的婚戒。

1959年4月1日,婚礼在拿骚伊芙别墅举行。

沙逊收到了一箩筐贺卡。

其中一封贺电只一行字:"你必定磨破了鞋子。"

这是只有家族男性才懂的一个典故。

典故源自沙逊的叔叔。叔叔有一句格言:一旦受到婚姻威胁,赶紧逃跑。

沙逊夫妇把他们的赛马取名"爱情和婚姻"。

当他们在迈阿密度蜜月时,美国《时代》周刊报道了维克多·沙逊的婚讯。婚讯文字不长,却使用了太多的定语——

最后的最后,
沙逊终于结婚了,与他的女护士
(1960年)

与身体妥协，拐杖换成轮椅

埃利斯·维克多·沙逊爵士——七十七岁花花公子、英国金融家、东方的J.P.摩根、巨富家族的后裔、战前上海财富帝王、最狂野的派对动物、英国赛马界著名人物、诗人兼小说家西格佛理德·沙逊之堂兄，与他金发碧眼三十九岁的护士伊芙琳·巴恩斯在拿骚结婚。二人均是初婚。

于沙逊爵士来说，这则报道，在他的私人历史上，一个时代结束了，另一个时代开启了。

秋天。纽约。伊芙琳做了一个大手术。

一向被人伺候的霸道总裁沙逊，几乎没有过渡，在伊芙琳推出手术室的那一刻，瞬间变身为宠妻狂魔。

爱情小说里所有的花招花样浪漫柔情——搬演。

他们摒弃一切顾忌，心安理得地奢华。

他们谨慎而自然地恪守一套彼此认定的法则：不后悔、不说任何一句会后悔的语言。

"不料有一天，她当真不见了。他得知她死于一次坠马事件。他想念她，想在别的少女身上找到她。"（普鲁斯特）

沙逊爵士在对待伊芙琳的感情上，生发出一种使命感。

他们结婚的那天是星期三。于是，每一个星期三，他们在府邸的阳台上，用香槟、礼物纪念。

每个人毕生都在与时间抗争。

生命中的每一时刻一经过去，便立即隐匿，无从追寻。

他们用仪式感，托生、召唤。

曾经，英国著名剧作家诺埃尔·科沃德，躺在华懋饭店的套房里，用四天时间创作出了剧本《私人生活》。

私人生活，活着的每一天，鲜花盛开。

他们的婚姻，给黄昏的太阳镀了一层金边，成就了最浪漫的人生剧本。

生有时，死有时。

1961年8月12日。

伊芙琳端着托盘，里面放着酒精棉球和针筒。

沙逊道："亲爱的，不必给我打这一针了。"

冒险家、曾经的上海首富、"犹商盟主"维克多·沙逊病逝于巴哈马首都拿骚。

他死了。

他的私人生活，几乎是一部好莱坞的惊悚大片——战争、财富、性、爱、阴谋、梦魇、失去、颠覆——然而，最后的最后，温柔温暖，如同贝多芬《田园交响曲》第二乐章，溪岸边，垂柳下，渡船中——

他的领结上别着一枚镶钻的马蹄，他还是那位盛装出现在赛马包厢里的大亨。

人们埋了他。

尘归尘，土归土。

月影穿树。

不灭的烛光，是守夜的天使。

他们没有子嗣。

伊芙琳用余生守灵。

（作家、翻译家夏伯铭先生，作家张晓栋先生，作家徐策先生对此文有重大贡献）

第二章

诗人,爱情,美国情人

1. 双城——上海,圣路易斯

2018 年 7 月 8 日。

我与加拿大作家高泰诺(Taras Grescoe),如同两列面对面驶过的列车——我从上海朱家角出发,搭乘 DELT 航空公司的飞机飞往美国密苏里州圣路易斯;他从圣路易斯飞往上海,在人民广场坐郊县汽车,抵达朱家角——诗人邵洵美的墓地。

我们为着同一个目的:美国女作家项美丽和豪门诗人邵洵美。

2. 圣路易斯的白房子

2018 年 7 月 12 日。

圣路易斯市。

酷暑令人失去各种欲望。

车子驶过街角的教堂，拐进喷泉大道。

爵士时代，这里是美国典型的中产阶级社区，精致的小广场，一座绿色的巴洛克鸟形喷泉池，过去繁华的残缺存在。

1904年，圣路易斯的名声达到高峰。

这一年，该城同时举办了奥运会和世博会。

第二年，1905年1月14日，冬天的清晨，本文女主角、记者、冒险家项美丽（Emily Hann）出生在一栋殖民风格的白房子里。

她的父母并不知道，这个家里最不漂亮的女儿，日后将成为世界级的人物。

喷泉公园附近，曾经居住着诗人T.S.艾略特（T.S. Eliot），小说家田纳西·威廉姆斯（Tennessee Williams）。

项美丽出生的时候，该城人口已达58万多，为美国第四大城市，汽车制造业一度在全国处于领先地位。

二战后，美国城市郊区化，圣路易斯制造业流失，白人搬离市区，黑人大规模迁入。1980年，圣路易斯市中心人口仅剩45万，2015年下降到32万。2000年，黑人占人口比例上升至51.2%。喷泉花园，树起了一座马丁·路德·金雕像，与绿色喷泉两两相对，形成意味深长的政治语境。

怕打劫，朋友五兵特地开了一辆旧车。

黑漆字母：4858号。

"就是这里！"五兵的语气十分肯定。

之前，她已来此探过路。

台阶上，一位妇人半卧在一把塑料椅子上，抽烟，玩手机。

我们上得台阶，才要说明来意，妇人便道："你们是为Emily Hann来的吧？是的，这里是她的故居。"

猜，一定是项美丽的传记作家高泰诺来过了。

见妇人和善，我们放下戒心，与她攀谈。

她曾是护士，今年八十五岁，有八个孩子，在这栋房子里生活了五十八年。

入户门垂挂着百叶帘。

问：可以进房间看看吗？

她拒绝了。理由是里面有些混乱。

模仿美剧,塞给她十美元,她还是说 NO。但是她并不拒绝我们与她合影。

离开这栋有着八个房间的白房子,我们绕到后花园。

童年,项美丽独自一人,倚在篱笆上,阅读马克·吐温《哈克贝利·费恩历险记》,狄更斯的《大卫·科波菲尔》,以及其他系列小说。

项美丽六岁,孙中山路过圣路易斯,他在当地报纸上惊讶地获知,他被选为中华民国第一任总统。

项美丽要用很长的时间,才能知道中国对她的无限意义。

岁月无声。

忽然听见有人问:"Shanghai you're going there, are you?"

那个声音很旧,来自 1935 年。

我转过身,在街道、浮尘、光影、年轮里,看见了她:Emily Hahn。

多年来,我一直试图解读、书写她——

美国女记者项美丽,与中国唯美主义诗人邵洵美、

圣路易斯，项美丽家门口的小广场

圣路易斯，项美丽旧居

与上海城池的姻缘。

民国时期，一众作家中，邵洵美譬如俄国诗人普希金，或英国诗人拜伦，自有一番贵族气质。邵洵美与项美丽相识于"花厅夫人"莘丽茨的派对。

他们之间的关系，给予人们的想象能量和人性的意义，远远超出了法国作家杜拉斯《情人》的文本。

3. 因为一场失恋

> 抛弃姓名，成为上海的莉莉，可不只是一个男人的功劳。
>
> ——电影 *Shanghai Express* 台词

在非洲，她像一个逃学的孩子，爱上了派屈克，一个人类学家，而派屈克爱上了一个土著女孩子，并与女孩结婚。那种情形，譬如画家高更，与塔西提岛，与洞穴，与他的土著女子。

项美丽觉得自己是一根烧火棍，被扔在一边。

但这根烧火棍是可以自燃的。

她再一次逃学。她要回美国。

酋长说，你走不出去的，这里是八百英里的原始森林。

她一意孤行。

她的血液里注满了冒险的基因。

夜晚，飞蛾钻进房间，撞到烛台上，烧死了，掉下来，掉在桌布上，一个个很小很小的黑色的物体。

项美丽坐在那里喝酒，看着仆人用刷子把飞蛾从桌布上扫去。

山鸟的啼叫，高亢，优美，凄凉，迷人。

项美丽吹灭了蜡烛。不想伤心，也不想告别。

项美丽雇了十二个土著挑夫，他们全都不懂英语，如同项美丽不懂土著语。他们要走出刚果的荒原。

白天，他们在丁香树下喝酒吃肉。

白天不能赶路，会被太阳烤焦的。他们等待黄昏和黑夜。

她的裙子被树枝切割成了碎片，她的容颜模糊成了一团植物，她的强壮随着热带的雨水消退了，她只是一个渴望刺激的幽灵，一个被施了魔咒的女巫，无能为力,也身不由己。

酋长说,如果你葬在一棵凤凰树下,花开了,你的灵魂就升天了。

她对困惑的土著人说:"我知道你们恨我。说声死吧,我很愿意死去。"

她是疯了。

一个星期,又一个星期。

有一天,她醒来,她的马躺在鸡蛋花树下,花瓣落在它的身上。她走过去,马死了,眼睛上黑压压的一片,是苍蝇。

她尖叫起来。她跑开去,绊在章鱼兰花的藤蔓上,跌倒在淡紫色的花朵里。

十八天过去了。一个白人女子与十二个土著在没有路的密林荒野里留下了一堆又一堆的篝火。

她不再说话,没有人听得懂。

他们只有呼吸,走路。

就这样,她握着罗盘,一路走下去。世界仿佛没有尽头。

香根草的味道,肉桂树的味道——

一天，她看见了一个白色的点——是英国人的房子。一旁的土著挑夫发出了山兽一般的吼叫。

白房子里走出来一个仆人，遥望着这样一队人马，惊讶得一句话也说不出来。

这一切，都是因为一场失恋。

4. 沦陷上海

1935 年。上海。码头。

"Shanghai you're going there, are you？"

来码头接她的莆丽茨夫人，扶着她的肩头道："上海是一个可爱的地方，你会遇见各种有头衔的人。"

她本来只是路过。

可她深陷于此。谁又不是呢？

5. 财富，鸦片，爱情，身体

她记得他们的见面。

法租界，莆丽茨夫人的沙龙。

1933 年，新月派诗人邵洵美在《时代图画半月刊》上发表了一篇名为《花厅夫人》的文章，文中写道：

"弗丽茨夫人（Mrs. Chester Fritz），匈牙利人，留华有年，嗜文学，著作甚富，自小在美国，与各国大文学家多相往还，在上海为《中国评论周报》编文学栏两年，极受称许。每星期至少有两次由她邀客聚谈，最近大光明音乐会亦由她主催。欧美文艺家来华，多半由她招待。她对于中国的文艺提倡尤力，曾组织万国戏剧社，成绩亦佳。但愿我国诸交际领袖，把麻将扑克的约会，易为文学的谈话，起而与弗丽茨夫人分头合作，则真正的文艺复兴，不难实现也。"

邵洵美将弗丽茨夫人称为"花厅夫人"，上海沙龙的领袖。到访过花厅的名人有著名作家林语堂夫妇、京剧大师梅兰芳、好莱坞电影明星黄柳霜、商业大亨维克多·沙逊以及珂佛罗皮斯（Mignel Covarrubias）夫妇等。

项美丽受邀参加花厅夫人举办的沙龙（复兴西路62号，原名 The Cloister，俗称修道院公寓）。西班牙风格建筑，幽静的券廊连接着南北两幢建筑。客厅的门上，一把硕大的黄铜钥匙，上面系着红色绶带；花厅夫人梳着希腊女神的发型，穿着曳地黑色连衣裙前来应门。

入内，白色丝织面料长沙发，清代刺绣花边装饰的靠垫，珠白底五彩花卉地毯；南窗，杏黄丝绒长榻；西墙，一尺见方的黑色大理石上，挂了十多个日本面具。餐室与客厅相通，磨砂玻璃壁灯中镶嵌着中国皮影。

廊下，邵洵美坐在蒂丽茨夫人的右侧，鼻子、嘴唇的线条，如希腊艺术极盛时代的雕塑。一袭长袍，遮掩着上等材料缝制的西裤和意大利手工皮鞋。儒雅、高贵，苍白，脆弱，游离于尘世的表情，缥缈的眼神，一种独立、独特的存在。

——他显然是富有的。

蒂丽茨夫人为他们做了介绍。

邵洵美一口牛津音。

他望着她，一如贾宝玉初见林黛玉，好生面熟，哪里见过？

思绪跳入那不勒斯，他驻足在意大利女诗人萨福的壁画前——她像她。他们不是相识，而是相认。

沙龙散去，邵洵美问项美丽："朋友们要去我家，你去吗？"

那一晚，她随着小邵去了他家族的一栋老宅——一座缩小版的宫殿。

小邵说，盛宣怀是我的外公，你想知道中国，这里是你的终极。

她躺在一条紫底暗花的织锦被上。

这是他的领地。

园子里的喷泉，一个小女孩的雕塑。

小邵的手指中断了她的思想。

魔术一般的手指。

熟悉的手指，熟悉的动作，她见过的，在鲁德亚德·吉卜林的小说里：手持银针，以火淬之，待针尖发出幽微的红光，取出烟泡，放在银灯下慢慢炙烤，再放入金属烟管，鸦片散发出蓝色的火焰——异国的灵长类动物、神秘的东方富豪、鸦片烟枪和包裹在丝绸长袍之下手指纤长的知识分子，一张混血的脸——最吸引人的部分几乎与小说一致。

那些用来描绘中国的语词：危险、神秘、淫魔、堕落、他者，似乎都可以用鸦片一词来包揽。

他们上了沉香木烟榻。

小邵的手指在灯光下、在各种陌生的器具间移动、穿行，一块奶糖状的东西变成了一团咖啡色，冒泡了，蒸发了，消散了，一道蓝烟从小邵的嘴里吐将出来，空气中弥漫着懒懒的昏沉的气息。

小邵将鸦片枪递给项美丽，说，哦，好吧，你要不要试试？

项美丽接了过去，从小邵的手里。

很快，她成了他的情人。

她的爱情格言是：感情关系多样性。

弗丽茨夫人很生气。在她出现之前，邵洵美是属于她的，她沙龙里神秘的东方元素。

她将此事告诉了沙逊爵士——尽管沙逊爵士身边有无数各种类型的曼妙的女子，但沙逊还是嫉妒了。

6. 成为他的另一个妻

细雨缠绵，不绝如缕。

清明时分，福州路杏花楼酒店的玻璃餐柜里摆出了艾草青团。

江西路368号，一栋五层楼的公寓，厚重结实，黑

沙逊镜头下的项美丽

江西中路368号，项美丽离开华懋饭店后租住的公寓。

原为上海商业储蓄银行。1929年建。现代派风格。

外观为深褐色面砖饰以装饰艺术派特征的白色水平线脚，顶部设有一座两层重檐歇山中国传统样式建筑。

漆描金镂花铁门,老气横秋。

门厅铺着湖绿色的琉璃砖。

邵洵美按了电梯铃。

工人应声拉开电梯门。

铰链式电梯,一路到得顶层。

邵洵美长驱直入。

佣人木头木脑站在那里。

窗帘低垂。

昏沉沉的光影。

海关大钟敲了十二下,午饭时间了。

邵洵美放低了脚步。

房间正中,一张铜床。

深红的织锦帏帐拖在地上,譬如一袭过了季的皮草。

床上影影绰绰。

她在吗?

他蹑足向前,撩起罗帐,帐内飞扑出一团毛茸茸的东西。

"吱吱——"尖叫着,去了厨房的方向,一只猴子。

一女声嗔道：

"阿福！——"

阿福是邵洵美给猴子起的中国名字。

小邵拧开灯，女人犹在梦中，灯光刺啦啦的，她索性更加地把眼睛闭在那里。侧了身子，掠去额前的发卷，问道：

"云龙？"

小邵在这里的名字是云龙，是另一个人。

小邵不答，聚精会神，等待女主亮相。

先是一只手，玫瑰色的指甲，宛若被排列在一起的花瓣。

一张下了妆容的脸，写满了欲望退潮后的痕迹以及之后虚无、懈怠的安详。

帐幔掀开，锁骨窝里，一朵玫瑰，刺上去的，随了脉动，微微地颤动着，在上帝的肋骨里一点一点地积蓄着力量。

小邵的舌头如同蛇信。不久，那个地方生长出一颗朱砂痣。

小邵的肌肤，如一匹光滑的绸缎；她是地母，乳汁肆意，他汩汩地吮吸，无休无止——

彼此都忘记了上帝，或者发现了上帝。

她怎么肯为了一个已经有了五个孩子的中国男子脱衣？

她循着自己的声音想下去，她要给自己一个回答。

来不及想了，既然逃不过——

蓝色的烟雾在眼前飘忽、移动，她被一朵云彩托起，升腾，她变得很虚弱，很绵软——心甘情愿，束手就擒。

可灵魂还醒着。灵魂说："我不要做你的妾，我不能每天晚上越过另一个女人来到你的床上。"

小邵的手指，小邵温柔的声音：

"你不是妾，你是我的妻。在那个大房子里，我是邵洵美，在这里，我是云龙，另一个人。云龙，你要记住，云龙是我的本来的名字。"

项美丽已经无法控制自己的思想了。

欲望的牵引？鸦片的牵引？

灵魂被这个声音包裹起来，水藻一般，把她拽到水最深的地方，他的手指也滑向了那里。

她渴望冒险，渴望撕裂以后深刻的痛楚。

这样的痛楚使她更努力地缠绕在他的躯体里，紧紧地——她暂时忘却了《纽约客》的约稿——

门猛烈地摇晃。地震一般。

猴子阿福惊慌地跳到项美丽的枕边，尖细的叫声，譬如青衣，清晨里吊小嗓。

邵洵美的妻子盛佩玉打将上门。

一直盛传，邵洵美家业败落，是靠盛佩玉的嫁妆养着的。

原配自然理直气壮。

她将自己和邵洵美锁在盥洗室，显然是谈判。

细细的苏州口音，略带尖利。

邵洵美的孩子们，坐在客厅里，沉默地吃着点心，喝着红茶。

他们是同谋。

仆人踮着脚，小心翼翼地来来去去。

项美丽注视着卫生间的那扇门。

门铃再度响起。

门外站着姐姐安娜。

安娜是一个美人儿。

她扫了一眼客厅，立即明白了形势。

她把项美丽拉到走廊道："蜜姬，跟我回美国。这不是你想要的生活。这是没有结果的，也坏了你的名声。"

项美丽："我不能走，我刚与《字林西报》签约。这是很有分量的一份报纸。"

安娜："你和他怎么办？沙逊爵士会怎么想？"

项美丽："我并不为沙逊爵士感到伤心。他身边从来不缺女人。"

安娜："我要走了。回美国。给弗丽茨夫人打电话，让她过来处理这个麻烦。"

项美丽："我不能像一个逃犯似的走开。"

说话间，盥洗室的门打开，盛佩玉盛气凌人地领着五个孩子，掠过项美丽姐妹，鱼贯离开了这间战争烟雾弥漫的公寓。

安娜紧紧握住妹妹项美丽的手。

邵洵美最后出现在门口。

安娜对他做了一个警告的手势。

项美丽永远不会知道,邵洵美和妻子盛佩玉在她房子里的约定——白天,任由邵洵美处置时间,但是晚上十一点之前必须回家,否则就上锁。他接受了妻子的约定。

2007年5月。台北的雨季。

我在松山机场降落。

1961年,张爱玲来台湾,野心勃勃,意欲采访张学良,写出中国的洛丽塔。她也在这个机场降落。行前,她起卦,是一个好卦。但是结局并不如愿。

早餐桌上,吃着欧姆来鸡蛋,对着前来采访的记者说,一直想对张爱玲做一个了结,因为要写邵洵美和项美丽,因为有一位导演一直在等待。

邵洵美的家谱,与维克多·沙逊一样,绵长复杂。

7. 邵府大公子的豪华身世

他一出场,便如《红楼梦》的贾宝玉——

在静安寺路中段,坐落着三座深宅,毗邻而居,占了斜桥的一大半。

门牌为400号的花园大宅是上海道台邵友濂，邵洵美的祖父——上海最高地方长官的府第。

静安寺路111号是邮传部大臣、太子宫保盛宣怀的公馆。一手官印、一手算盘，亦官亦商，亦中亦洋，左右逢源，创办了轮船、电报、钢铁十余项实业，为一世之雄。昔日寄信给盛宣怀，无须写具体地址，只要大笔一挥"上海斜桥盛大老爷收"便可。他是邵洵美的外祖父。

青海路、同孚路、斜桥路一带，是李鸿章五弟李凤章的府第。李凤章督管江南制造局。

1906年6月，茉莉花开的时节，上海公共租界，著名的"斜桥邵家"，降生了一位小公子。取名邵云龙。

出生在锦绣堆里的小邵，在经过一系列复杂的过继手续、门当户对的婚姻之后，同时成为清末名臣李鸿章和盛宣怀的外孙、上海道台的孙子。

十七岁，他娶了自己的表姐——盛宣怀的孙女盛佩玉。这一连串的亲上加亲，使小邵富贵荣华得无以复加。

小邵的血缘很复杂。

外公盛宣怀，七位夫人中，刁夫人是最受其宠爱的。

刁夫人原系青楼中人，为盛氏赎出，在正室董夫人去世前四年，已入住盛家。她自然是，人情世故，拿捏得有分寸，不恃宠，不骄纵，执大家闺秀知书达礼之道，在盛府上下很得人缘，董夫人竟也不吃醋，以姊妹相待。董夫人坐镇盛府，生儿育女，打理"后宫"，刁夫人则跟随盛氏走南闯北，朝夕服侍在侧，如贴身丫鬟一般辛劳。

董夫人去世后，刁夫人担当其继室责任。

盛宣怀赴山东赈灾，刁夫人亦掏出私蓄千金不吝。

盛宣怀染疾，刁夫人宝髻松松，铅华淡淡，躬亲汤药，终致臂痛不能举，曲尽妇道，"公深嘉其孝"。

如此，刁夫人与盛氏同寝十五载。

她识字。

一日，读晚辈写来的家信，信中称她"姨娘"……

她的心，倏忽间，落入黑暗寂静的枯井。

她明白了，无论她怎么做，她始终是个"姨娘"！

岁月可以改变她的容颜，但是改变不了她的血缘、她的种姓。她的身份永远是在另册的。

一个人,灯下枯坐,自觉无趣,心一横,一段白绸,竟"自挂东南枝"了!

刁夫人如此高贵壮烈地死了,盛宣怀自觉有愧,遂以继室夫人的规格予以安葬。

刁氏在阴间享受正牌夫人的名分!

此刁夫人便是邵洵美的外婆。

刁夫人与盛宣怀仅育有一女盛樨蕙,排行四小姐。

四小姐嫁给了上海道台邵友濂的二公子邵恒。

邵友濂为朝廷大员,曾出任上海道台、台湾巡抚、湖南巡抚。四小姐出嫁时陪嫁之丰厚,场面之奢华,譬如世纪婚礼。

婚后,邵恒、盛樨蕙夫妇生六子一女,长子邵洵美,原名邵云龙。

邵友濂的大儿子邵颐早逝无子,便将老二邵恒的长子邵洵美过继于大房。大伯的夫人为李鸿章的侄女,即李鸿章六弟李昭庆家的三小姐。

家谱继续排下去——

盛宣怀的原配董夫人和盛宣怀只得一子,名盛昌颐。盛昌颐有一女,为苏州姨太太所生,名盛佩玉。

盛佩玉与邵洵美的相识是在祖父盛宣怀的葬礼上。

百年前的上海滩,盛家为第一豪门。

外祖父盛宣怀,中国第一商父。

胡雪岩财富宫殿的坍塌,是因为一个叫盛宣怀的人。胡雪岩在悲愤中郁郁而终。

生意做到一定程度,成功男人的背后,不一定会有一个女人,但肯定会有一个领导。领导的大小决定生意的规模,领导的起伏决定生意的成败。

胡雪岩的背后是左宗棠,盛宣怀的背后是李鸿章。

盛宣怀不仅是中国历史上著名的洋务运动倡导者,更是中国第一代实业家和福利事业家,他被后人统计出拥有中国历史上十一个"第一"的称号。

慈禧太后说:"盛宣怀为不可少之人。"

1916年,盛宣怀于上海去世,终年七十二岁。

其葬礼,抬棺一百人丁均来自紫禁城、曾为慈禧太后抬棺的原班人马。

送葬的队伍从盛公馆一直排到外滩。因声势浩大，经公共租界董事局批准，从盛公馆的花园辟出一条路（今成都北路）供殡仪大军浩浩荡荡穿越十里洋场。如此阵仗，所谓见多识广的上海人亦是啧啧称奇。

盛宣怀灵柩至苏州。

盛家在苏州有一名园，曰"留园"。

亭台楼阁、珍稀树木中，掩隐一座精巧的戏台，如放大了的盆景。

一个大家族，拥挤在一栋宅子里，妻妾成群的小辈之间方始彼此照面。

就这样，表弟邵洵美遇见了表姐盛佩玉。

皇家阅兵一般的葬礼总算完成。

祖孙三代人从各自扮演的角色里挣脱出来，决计要给压抑的人生放一次长假。家中的大娘和几个姑母约好，去杭州度假。

旅馆面朝西湖。

二层楼上，宽敞的走廊，盛佩玉斜插在摇椅上，一缕"云遮月"的刘海，闲闲地望着太阳落在湖面上。

走廊尽头，邵洵美偷偷拍下了表姐盛佩玉。

第二日，划船去湖心亭。岛上有庙，一尊月下老人，主管婚姻，面前一签筒，饮食男女跪在那里抽签、磕头、祈福。

盛佩玉一旁看热闹。这时，邵洵美的船也靠了岸，他站在庙前，并不趋前，只对着盛佩玉微微一笑。

当下里，盛佩玉的心如鱼尾，摆动了一下，游远了。

丁香时节，邵洵美书房里读书。读到《诗经》中《郑风·有女同车》一节，一眼瞥见"佩玉锵锵"，又见另一句有"洵美且都"四字，不禁拍案叫绝。以"洵美"对"佩玉"贴切极了。

天生的贾宝玉转世坯子，命中注定的情种。为了表示对盛佩玉的爱，小邵决定改名"洵美"。

从此，世上多了一个叫邵洵美的诗人。

2001年，初春，在巴黎加尼埃歌剧院回廊的落地镜子前。

举起相机。

光影的折叠中，一个骨感、眉梢间蜿蜒着收敛的女

邵洵美、盛佩玉的结婚照登上了报纸

邵洵美夫人盛佩玉,恬淡,被家人唤做"茶"

子入得画来。细眉细眼,月牙白旗袍,女大学生直发,波澜不惊之神态,一朵安静的白茶花。

她是盛佩玉。

佩玉母亲殷氏为苏州歌女。盛佩玉四岁之前,与母亲住在新闸路辛家花园。

辛家花园是佩玉的父亲、盛宣怀的长子盛昌颐的大宅,住着五房姨太太。

父亲的七个孩子中,佩玉排行第五。

父亲死了,不过年四十,留下六个寡妇。

盛昌颐最后并没有死在她们任何人的怀抱里。他猝死在一名歌妓家中。她们之中,没有一人是爱他的。不论他何时回家,她们都立即躲起来——事实上,他也不常回家。

盛宣怀继室庄夫人是兼具王熙凤、薛宝钗和李纨的角色。

佩玉的父亲过世后,庄夫人做主,将姨太太和她们的孩子悉数接到静安寺路老宅中守孝。

佩玉的母亲和另外四位姨太太被幽闭在宅子深处。

宅子深，一盏吊灯，暗昏折叠着黯淡。

五个女人，于心灵的荒原里，焚香，晨读，暮祷，绣花、养蚕，莳花，熬满三年守孝期，领了盘缠，封了小公馆，搬出大宅，自立门户。

民国了，盛家烈火烹油、鲜花着锦的日子也到了头。

庄夫人垂帘主政十一年，日日的，一粒一粒佛珠子拨捻过去，倾心维持着大家族。活着，就是一桩最正经的大事业！

佩玉归她父亲的正室夫人宗恒宜领养。佩玉叫她大娘。

官宦豪门出身的宗恒宜，丰腴，一口南京话，一条大辫子，一头椒盐白发。那是在丈夫死后一百天中熬白的。

丈夫死了，她也不哭，只每天看着相片发怔。

素日里，大娘宗恒宜除了麻将，便是听戏。如有名角登台，更是兴兴轰轰，必然订座八个十个，呼朋唤友，蜂拥而至。这样的捧角，连梅兰芳也禁不住，上门投帖拜访。下午茶的时候，仆人必定送上两份报纸，

《时报》和《新闻报》,她每天都要读的。

她见多识广,思想也新派,佩玉的生母要给佩玉裹小脚,大娘反对也就不缠了。过年不让小辈磕头,只要三鞠躬,弄得小辈反而不习惯。她慢慢老了,跟潮流走的步子更快了,购一辆新式马车,坐着出去吃饭、看戏、兜风。

因盛家的长房长孙盛毓常被人绑票过,便不敢让女孩子出门读书。家里延聘了女教师,是位老小姐,琴棋书画,也读英文。

三个未出阁的姑母盛关颐、盛爱颐、盛方颐的家庭教师,为宋氏三姐妹中的大姐宋霭龄。

宗恒宜偏爱女孩。

五个女孩子中,佩玉长得最美,大娘把她打扮成公主,带出门去应酬。"茶"是祖父盛宣怀给佩玉起的小名。家里人唤佩玉茶宝,未来的日子,邵洵美唤她"茶"。

宗恒宜来自豪门,且是盛家长房长媳,在这一辈分里,便如《红楼梦》里的贾母。既是大娘喜欢的,一色人等便也跟着捧。佩玉虽是庶出,却如大观园里探春,并无受到些许委屈和怠慢。

依照家族惯例,邵洵美赴英国留学。主修英国文学。

邵洵美习法国贵族王侯之风,精致的五官、圣洁的肤色,钻石袖口,象牙拐杖;唇间一抹殷红,柔美迷人如春三月,亦是提埃波罗画中的天使。

游学至法国,遇见民国三才子,于是结拜。

大哥谢寿康,二哥徐悲鸿,张道藩排行第三,邵洵美为四弟——所谓谈笑有鸿儒,往来无白丁。

其间,亦遇见了张爱玲的母亲黄逸梵,他们是亲戚。其时,黄逸梵在巴黎学习美术,与徐悲鸿夫人蒋碧薇交好。

纨绔子弟,变成了诗人,很普鲁斯特、很拜伦。

他的出场,一如电影《午夜巴黎》里镜头。

1927年1月15日,邵洵美和盛佩玉举行了盛大婚礼。

一袭巴黎蕾丝婚纱,在花童的簇拥下,她缓缓走来,那模样,恰如"偷来梨蕊三分白,借得梅花一缕魂"。

婚后,盛佩玉向邵洵美约法三章:不可另有女人,不可吸鸦片,不可赌钱。

何以?

这便要扯出盛家和邵家的基因了。

鸦片、女人、豪赌,犹如传染病,蔓延在豪门。

盛家四少,一个晚上,将一百多幢房子输给卢永祥的儿子卢筱嘉;他给每位姨太太一部进口车,配一幢花园洋房,外加一群男仆女佣。四婶孙用慧,民国总理孙宝琦的大女儿,幼时随父亲游历于英法各国,当过慈禧太后的口语翻译。如此千金,请人为丈夫盛老四算命,命相说,盛老四的"桃花运"要交到老,什么时候死了,桃花运也就结束了。她认命。不再与盛老四计较。

盛佩玉的哥哥盛毓常留学英国格拉斯哥大学,回国后一口正宗流利的英语只用来看看电影,或是跟着四舅泡在跑马厅里与外国骑师热聊马经。

一日于电影院,瞥见一位扬州人家的小姐。小姐读教会学校,会弹钢琴,也有姿色。娶回家做姨太太。此姨太太患怪疾,头发尽脱,名医偏方,好歹长出一些,疏疏如初春的鸡毛菜,怎会得美?

如此,盛毓常的心思也就淡下来了,便又娶了一房。

他将一妻两妾安排在福开森路的一所豪华大宅。

三个女人各自为政,亦不失时机,争风抬杠,不得安宁。客厅墙上,盛宣怀写给儿子的长信,装裱在精致的画框里,成了装饰品。

在那样奢靡暗淡的背景下,冒出一位诗人邵洵美,玉树临风。

你以为我是什么人?
是个浪子,是个财迷,是个书生,
是个想做官的,或是不怕死的英雄?
你错了,你全错了,
我是个天生的诗人。

——邵洵美《你以为我是什么人》

凭盛、邵两家联姻的财势,升官发财对于邵洵美一点不难。可邵洵美是个异类。他心里住着女神缪斯,爱诗、爱文学,十二分的巴黎和伦敦;他浪掷家产,开书店、办杂志、集邮、翻译,购买最先进的德国影印版印刷机(当时全国仅此一台),风吹哪页读哪页,所谓有钱便任性便猖狂。

三十年代的文坛,这位剑桥归来的年轻诗人,富家子,"美在华洋两界",出尽风头。

家族基因,也不曾放过邵洵美。他也入赌局,且豪赌。

他说,他是雅赌,有骑士精神。他的浪荡,也属于贵族雅痞。他的钱,或者说,盛家的钱和邵家的钱,孵化出了对中国现代文学有着不可估量价值的出版社和出版物,还有一批文人。

譬如:

1930年,与张光宇、叶浅予办《时代》画报。

1931年,与徐志摩、陈梦家办《诗刊》。

1932年,出版《论语》半月刊,《论语》稿费丰厚,一时,文人纷至沓来。近代中国文学史上的大师们几乎无人不和《论语》有过瓜葛:林语堂、梁实秋、鲁迅、周作人、郁达夫等。

邵洵美还是大名鼎鼎的《新月》杂志的首席大老板。

新月的成员星光灿烂——胡适、林语堂、罗隆基、沈从文、潘光旦、全增嘏、叶公超、梁实秋、梁宗岱、曹聚仁、卞之琳、徐志摩、林徽因等，均是骨灰级人物。

除了文学出版，邵洵美最大的爱好便是揽事。

大汉奸胡兰成倾慕小才女张爱玲，托他给牵个线。他和李鸿章家本来就是近亲，竟成就了这段倾城孽缘。张爱玲自传体小说《小团圆》里，有此一节。

画家徐悲鸿拈花惹草，被蒋碧薇关在家门外。邵洵美的家就成了他的庇护所，免费的旅店。

丁玲被叛徒引诱，身陷南京城。沈从文、胡适、徐志摩等多方营救，最后各路关系还是汇集到邵洵美那里。只有他的路子硬，把丁玲从国民党的手里救出。并给了盘缠，由沈从文护花，将丁玲女士送回老家湖南。

于邵洵美，这是义。

渐渐，人们习惯了把他当作钱袋子。反正有钱，借了钱，或者用了他的钱，竟也是觉得应该。

人世间，善良也会遭报应的。

1933年，爱尔兰剧作家萧伯纳访问上海，自然又是邵洵美付钞。待结账出来，但见鲁迅站在廊下的飕飕寒

1935年，邵洵美（右）与冼星海（左）、工部局音乐队指挥梅百器（中）

邵洵美在古罗马遗址

风里避雨。邵洵美见不得前辈辛苦,用自己的车,将鲁老先生从法租界送到了虹口山阴路。

这样的事,于邵洵美,天经地义,理所当然。日后,鲁迅在杂文里,对邵洵美的华丽出身做出了嘲讽。

为此,小邵感到匪夷所思。

生活是盛宴,邵公子很快忘却了。

8. 谋生,谋爱

来自圣路易斯的女郎是一位彻底的现实主义者,或者说是实用主义者。她知道该如何利用这些有头衔的人来满足生命所需、生活所需。

项美丽有一种能力——将生活转化成写作的素材。

她与邵洵美,财富＋爱情＋鸦片＋东方神秘,满足了西方人对古老东方的想象。

她灵巧利用美国人熟悉的华人形象,将说英文、穿长袍、希腊鼻子、留着克拉克·盖博八字胡的富家子弟邵洵美,塑造成了又一个具有漫画和讽刺意味的形象。

以邵洵美为原型的《潘先生》《孙郎心路》二书,获《纽约客》杂志171665名拥趸的订阅。

她以文学的名义，堂而皇之地消费了邵洵美，获得了稿费和知名度。稿费每周从彼岸邮寄过来。许多美国人一下船，便指名要见项美丽和她笔下的这位中国情人。

邵洵美自然是不愉快的。他说："你把我写成了白痴。"

但是他爱她，他用最绅士的气度故意漠视了种种不悦。

维克多·沙逊是西方侨民的顶格，邵洵美是华人的顶格，项美丽纵欲周旋在两极之间。

1937年7月7日，日本发动卢沟桥事变。

1937年8月13日，淞沪大会战开始。

1937年8月14日星期六，炸弹落在了全世界最拥挤的城市中心：南京东路。上海三百万人的心跳，在那一刻骤停；上海的黄金时代、风花雪月，在那一刻落下帷幕。

1937年12月，日军在民国首都南京开始了屠城。三十万中国人遇难。

战争以最残暴、机械的方式摧毁着通商口岸。

租界里的外侨均心存侥幸。

项美丽亦如斯。

在上海,她如女王一般生活着:三个仆人,一名司机,一名厨师,一名贴身保姆;俄罗斯美发师、美甲师;每天更换两次内衣;每周定制一套丝绸衣裳;鲜花、美酒、舞会、芭蕾、电影、沙龙、派对、骑马、划船、郊游、写作,以及采访来自欧美的著名人物;她与沙逊结束了暧昧关系,不再争吵,她的社交天赋,把沙逊变成了最诚挚可靠的朋友;她接受了沙逊的一辆墨绿色的敞篷跑车——

她处在社交链的顶端,她的黄金时代。

即使世界文明毁灭,即使炸弹落下,只要还来得及,也还要一晌贪欢。

她的开放性社交刺激着邵洵美。

他们的关系起起伏伏。

但暂时,她还不准备离开他。

偶尔,邵洵美也会收到她邀请。

在这个以外侨组成的联合国圈子里,他依然是一位风度翩翩的才子。

他骨子里的清高、泰戈尔风的长衫把他与周围隔离了。

维克多·沙逊对他保持着有距离的礼节。

战争熄灭了他们之间的硝烟。

席间,总有一位白俄女伯爵,不苟言笑,苍白的脸,筷子一般细长的手指——俄国十月革命,她已经失去过一次,她害怕再失去一次。

上海的战争持续了十三周。

死伤人数达二十五万,其中有二十万为中国士兵。

《每日电讯报》的记者 Pembroke Stevens,在法租界的一座水塔上观察战况,子弹击中了他的头部。人们把他抬下水塔,他西服的扣眼上别着一朵艳红的花。

这年春天,项美丽的同乡、记者玛莎·盖尔霍恩与海明威一起去了西班牙,在马德里的炮火中报道战况。

邵洵美匆忙从日本人占领的杨树浦逃出来。

租界早已人满为患。

项美丽为他的大家庭找到了一栋别墅,法租界霞飞路,邵洵美四舅公馆的对面。

这日,邵洵美品完一盏苏州明前碧螺春茶,起身去探访项美丽。

他与项美丽的别墅只隔了两个门牌。

项美丽正指挥仆人悬挂丝绸窗帘。

邵洵美只得在一旁与项美丽的宠物长臂猿"米尔斯先生"玩耍。

邵洵美纤细的手指夹着卷烟,淡青色的烟雾,一圈一圈,包裹着伏天里的暑气。

仆人送上冰镇汽水。

气泡依附在水晶杯壁上,如同一颗一颗碎钻。

邵洵美用最美的侧面对着项美丽道:"嫁给我吧!这样一切都好办了。"

项美丽愕然。

邵洵美解释道:"我与盛佩玉是中国传统婚姻,拜过天地就是婚姻了。没有政府结婚证。"

项美丽道:"So——"

邵洵美接住这个"So"道:"So,你可以与我文明结婚,领取法律结婚文书。你可以在我的孩子里选一个孩子过继。我也是被过继的。你不必担心人生的暮年。我们全家都会照顾你。"

晚饭后,他们在附近散步,经过后来成为宋庆龄夫人故居的洋房,经过邬达克设计的诺曼底公寓,经过意大利总领事尼隆纳的府邸——一排地中海风的建筑。

路灯下,风乍起,梧桐树叶从脚边掠过——这座城市似乎还不曾愿意相信,战争将降临于此。

邵洵美柔软地搂着她。

"答应我。"他道。

那么真实,那么露骨。但他并不看着她。他害怕拒绝。只有这个女人会拒绝他。

项美丽的脑子里快速地闪过母亲、姐姐、沙逊的臂弯、圣路易斯的白房子、门前的小广场、铜像——任何东西、任何人都可能从生命中消失,自己也可能在瞬间消失,比如一颗炸弹,一声枪响,甚至没有人可以在承诺之后还能在原地再次相见;一种原始生命的孤独的质感袭来,无人可以填补的空洞。然而此刻,他的温柔、他在她胸口放置的那销魂的手指,抚慰了她的恐惧,只要腔子里还有一口气,她不想在乱世孑然一身。

她道:"我需要一份书面承诺。"

"我发誓,以后,你可以葬在我家的祖坟。"

项美丽与盛佩玉

1935年，邵洵美（左二）、项美丽（左三）同游南京中山陵

中国文化里，这个承诺意义非凡。

项美丽觉得这种说法很浪漫。她也终于理解了被允许进入家族祖坟是一种非常正式的身份和荣耀。

不久，她随邵洵美在律师楼里签了文书，成为邵洵美法律意义上的妻子。

为了庆祝这个颇具传奇、荒诞的婚姻，盛佩玉以正牌大太太的姿态送出一份彩礼：一对羊脂玉手镯。

彼时，日本占领当局宣布调查一切"敌产"，包括动产及不动产。中国人的银行、钱庄所存"敌侨"存款以及"中立国"人代管此项存款者，均须代报。凡"敌侨"一切家具之转让或移动，包括风扇、火炉等件，均须事先取得日方允许，违者军法从事并予以没收。凡有短波收音机、摄影机、望远镜者，均须自动交出。倘有人代收各物，隐匿不报，则严惩不贷。

项美丽组织了二十名白俄搬运工，四辆卡车，一位巡捕房的警官。他们要去抢救邵家在杨树浦的财产。

车子在外白渡桥被拦住，等待日本士兵检查证件。

项美丽拿出美国护照和记者证。

邵洵美家的大房子，已经被洗劫过了，不过家族照片和明代书籍字画还在。

不动产只能割舍了。

盛佩玉表现出了壮士断腕的气魄。炮火声里,她镇定地在玻璃橱里取出了一套杯碟装。

她说,咖啡总还是要喝的。

昂贵的德国印刷机必须运出来。这是邵洵美最值钱的玩具,是作为独立出版人的证据。

丝巾在风中飘舞,项美丽如圣女贞德,冒险基因燃烧着双颊,她勇敢地在两个租界之间穿梭。来回多次,终于完成了印刷厂的搬迁。

暂时,法租界,还可以有白俄女伯爵煮的罗宋汤和土豆色拉,还有波德莱尔式的散步。

项美丽的家,沦陷初期,成为各路外侨的公共客厅。

房子太大,项美丽开始招租。

于是,她又有了各种背景复杂的房客。

她的房客中,有一位中国女子,名杨刚,是艾格尼丝·史沫特莱的朋友。她正在尝试翻译毛泽东的《论持久战》书稿,并请求发表在项美丽的《自由谭》上。

项美丽拿着书稿,来到邵洵美家的车库,在邵洵美的印刷机上,印制了《论持久战》。

世界上第一部英译本《论持久战》,在邵洵美和他的美国情人项美丽的手中诞生了。

更意气风发的是,他们于午夜开着私家车,将英文版《论持久战》,一本一本投入外籍人士的信箱。

9. 更大的诱惑

1938年春天,《芝加哥日报》记者约翰·根室到达上海。

约翰·根室曾是项美丽姐姐的情人。

他对项美丽说:写一本宋氏三姐妹的书,那是纽约各大出版商心心念念的书,她们的故事足以代表现在的中国。只有你能做到。因为你有邵洵美。宋氏三姐妹的母亲、宋家大姐宋霭龄、宋家大公子宋子文都曾在盛宣怀家族做过管家、家庭教师和英文秘书。

项美丽被点燃。她的出版代理人立即给她提供了一笔高昂的预付金。

她的同行斯诺,以延安共产党为主角的《红星照耀中国》在英美已经成为畅销书。项美丽意识到，宋氏三姐妹的传记也会为她带来同样的荣耀。

她的体系里，独立、自由、冒险、成功才是更高的价值。

尽管民国了，邵洵美家族依旧处在社会圈层的塔尖。

她运用她一贯的交际天赋，说服了邵洵美。在邵洵美的安排下，1939年7月15日，项美丽接到了宋霭龄的正式邀请。

上海已经沦陷，宋霭龄避居香港。

临行前夜，邵洵美颇不安稳。

他开始后悔，答应项美丽去香港是否操之过急？

他惊愕地意识到，这是项美丽的事业，自己只是通往她事业成功的一艘渡船；如果项美丽成功，那么，他和她的关系也将终结。

他黯然。

——然而毕竟，这个选择，不是堕落。

无论如何，他必须与项美丽一起去香港。

一早，他穿戴整齐，下得楼来。

妻子盛佩玉一言不发。

邵洵美无心早餐。

他走进项美丽的客厅,他看见了搁在楼梯旁的箱子。他一阵心悸。

他努力让自己的坐姿更加从容一些。

他悲哀地发现,他的精神在这儿,但身体已经够不着了。

"电报发出去了吗?"她问。

"是啊,发到香港去了。发给姨妈了。"

没人给他沏茶。

佣人已经辞退了。

客厅里,他是一个多余的人。

她自顾忙碌着。

他陷入这样一种状态中:

他的自尊、阅历、智慧的成熟程度以及单纯的心地,都使他不愿理智地对自己的动机——剖析,究竟是什么妨碍他执行原定的计划——是对离开家庭的不安?对盛佩玉的亏欠?抑或惯常的颓废和浮纨?

纯良的他不得不为自己的举动做着种种史诗般的

解读。

希腊神话里,英雄听从了神的意志,甘心忍辱负重、卑躬屈膝、山盟海誓、苦苦追求、低声下气——这些都不会使求爱者蒙受耻辱,而是赞美。

他以这样的方式,维持尊严。

去香港的船离岸了。

他立在船舷边,一套灰蓝色西服。

他的命运,在一股不可抗争的力量下,不断变换着航向。

他像逃学的孩子,竭力掩饰内心的慌乱与激动。

他望着海水,记忆中浮起了从青年时代一直保持到现在的一些原始想法。过去,这些想法一直被日常遮蔽着,潜伏着,没有爆发的时间和空间——纯洁的灵魂,完美的艺术,贪婪的爱神,以及狂妄、迷乱、伤感——

他周身的血液冲击着他的太阳穴,一阵绞痛,因他已经失去挥霍这些情绪的年纪了。

他渴望此刻,上帝是站在他这一边的。

香港半山。

邵洵美四姨妈的府邸。

宋霭龄、邵洵美的四姨妈盛关颐步入客厅。

拜访非常成功。

项美丽赢得了宋霭龄的信任。这预示她的职业生涯将真正进入国际政治的顶端。她预感,她将在"密苏里帮"①获得一席重要的位置。

作为女性本能的回报,她对邵洵美很亲切。

她故意掩饰她与邵洵美的关系危机。

而邵洵美亦有回避复杂困境的天性。

因为战争,内地的达官贵人、各界名流纷纷选择香港避难。权、钱、才潮水般涌入香港,香港如一个发酵的面团,瞬间繁华。各国的外交使节、各大媒体机构、各国的间谍,川流不息;各大酒店、酒吧、舞厅、跑马厅、夜总会、咖啡馆,人满为患。浅水湾大酒店夜夜犹如奥斯卡颁奖晚会,名媛绅士,踩碎一地翡翠。

香港没有雪,没有冬天。

白天,邵洵美陪项美丽去见宋霭龄。

宋霭龄专业而谨慎地提供着资料。

晚上,他把这些资料翻译成英文,然后,去敲项美丽的门,然后去酒吧,与密苏里帮的记者们喝酒,吃鱼子酱。

她和他似乎被这样的状况迷住了。

要过许久,他才能意识到,这是他和项美丽最后的狂欢。

那一年,李鸿章的曾外孙女张爱玲在香港大学念书。母亲黄逸梵前来探望,入住浅水湾酒店。

作为亲戚,邵洵美拜访了贵族中率先离婚的黄逸梵。他们一起喝下午茶,第一次毫无顾忌地追忆家族历史——那些参与晚清顶层设计的家族,包括洋务运动。

第一阶段的采访很顺利。

宋霭龄承诺,将邀请项美丽作为唯一授权的传记记者,去重庆访问蒋夫人宋美龄和孙夫人宋庆龄。

回上海的船上,邵洵美脱下长衫,换了一套苏格兰花呢西服——他把自己伪装成国际贸易的商人。

邵洵美站在舷边。

项美丽的视觉发生了命中注定的变化:他的腿太短,牙齿太黄,头发的蜡太多,总之,他不再风度翩翩。

项美丽后来回忆：他看上去真是糟糕透顶。

神话结束了。她睡醒了。

——至此，邵洵美对她的眷恋已经是麻烦了。

10. 戒毒，逃离上海，成为自己

回到上海，她将宋氏三姐妹传记的初稿送交沙逊爵士先睹。

项美丽已经开始发胖，但五官依旧保持着雕刻般的线条。她不再是他摄影机前的模特，也不再与他有更亲密的行为，他们现在是一对漂亮的朋友，能够在智力上深入交谈的挚友。

沙逊爵士直率地表达了意见：看不下去。那些国际背景使人昏昏欲睡。重要的是细节、细节，还是细节。

她的同行、战地记者玛莎，有伟大的作家海明威做背景板；而她拥有远东第一富豪、剑桥公子沙逊爵士的世界格局。

她相信沙逊的判断。

她撕了初稿,重新开始。

敲打键盘的声音,犹如古罗马军队的战鼓,受孕一般的狂喜——她预感到她的成功。

孔夫人(宋霭龄)邀请她去重庆。

她开始戒毒。重庆国统区,吸食鸦片是违法的。

邵洵美提议与她一起接受戒毒治疗,她拒绝了。

1939年12月,她随宋氏三姐妹去了重庆,继续伟大的写作旅程。邵洵美留在了上海。

1940年8月24日,宿醉之后的项美丽给经纪人写了一封充满香槟气泡的信函:

"我等待着最后一次空袭,然后我将要赶到飞机场去香港。这个星期如同地狱。最后几章已经写好了——昨晚有一场为我举行的告别晚宴,一直持续到今天早上——我们先喝了威士忌——"

在《宋氏三姐妹》书的最后,项美丽把江面上纤夫的号子喻作"中国不可战胜的喧闹声"。

沙逊将关于此书的评论剪贴在日记本上。

当然,项美丽无法预见的是,几年后,西方人将在上海失去他们的天堂,连同维克多·沙逊的商业帝

重庆，项美丽采访宋氏三姐妹

传记《宋氏三姐妹》，项美丽著

国——千宫万阙都做了凭吊的物证。

她以《宋氏三姐妹》一书，赢得了荣誉和地位。

她回到上海，用最简单、果断的方式处理了自己的物品，然后，去了香港。

码头送行的只有她的男仆。

她的告别仪式，邵洵美缺席。

她拦阻了邵洵美的送行。她不愿意在码头上，以夫妻或者情人的关系告别。她做不到。

她允诺，三个月后，她会回来。邵洵美信了。

11. 香港昼颜

项美丽重返香港。

项美丽爱上了已婚的英国军官查尔斯·鲍克瑟少校。鲍克瑟是英国驻远东情报机构的少校。

1940年圣诞节，项美丽收到了邵洵美的信。

战争中的邮件，邵洵美优雅的维多利亚时代的书写体。

邵洵美写道："天呐，救救我吧，蜜姬，我的爱人！我又在思念你了！就在今天下午，我竟然问别人如何得到许可去……我还想着去哪里弄钱,弄到足够的钱好让我离开上海,离开这些回忆——啊,我如此地思念你!"

无数的感叹号,无比的焦灼,因为得不到项美丽的信息,他快要被爱烧成灰烬了。

她飞快地看了一遍。

她并不打算回应这份滚烫的情感,她不再是他的蜜姬了——他是她努力戒掉的鸦片。

她在半山的最高处租了房子。

海浪,香槟,雪茄,情人,新的生活。

不久,她怀孕了。

她喜极而泣。

子宫手术后,她一直以为自己不能生育。

1941年,海明威和他的第三任妻子玛莎·盖尔霍恩也来到香港。

玛莎与项美丽很投缘。

她们年龄相仿,都出身美国圣路易斯的中产家庭,都是作家、记者,都具有强硬、独立、主动、冒险的性格,都善于借助社交能力达到个体的诉求。

当初，玛莎在佛罗里达州遇到了美国文坛大名鼎鼎的海明威。

对于这次相遇，有一种说法：玛莎天天去海明威经常光顾的酒馆，制造偶遇，展开攻势，所谓美女记者为文豪下"诱饵"。

无论出于哪种情况，已婚的海明威与玛莎在一起了。

这一点上，玛莎和项美丽相似：不断爱上已婚男人。

因为海明威，玛莎结识了乔治·奥威尔、罗伯特·卡帕、聂鲁达、加缪等知名人物，进入了那个领域的顶层。

玛莎在海明威的鼓励和指导下，写出了第一篇战地报道——《唯有子弹哀鸣》，描述了西班牙人民在轰炸后的坚强和生活破灭的凄惨境遇，文章登上《克里尔》杂志，又被《纽约客》转载，玛莎战地记者的名声逐渐响亮。

菲茨杰拉德曾经调侃海明威："他每出一部作品都要换一个女人。"

西班牙内战期间,海明威在炮火中创作了《第五纵队》的剧本,剧本里那个玩世不恭的女记者多萝西似乎是玛莎、项美丽的复合体。

远东之旅,是海明威与玛莎的"蜜月之行"。

香港,这两对情侣,相处甚欢。

有时,著名的双枪勇士莫里斯·科恩也过来喝一杯。他曾经担任过孙中山的贴身保镖,被委任过国民党将军的头衔。

1941年2月,海明威夫妇受到了蒋介石和宋美龄的接见,宋美龄邀请海明威夫妇出席家庭午宴。而在这之前,项美丽已经完成了纪实文学《宋氏三姐妹》的写作。

1941年11月中旬,项美丽诞下一个女孩。

太平洋战争爆发,香港沦陷。

彼时,张爱玲中断学业,成为战时英军医院的看护。日后,她将这段经历写成了《烬余录》。

项美丽因美国国籍,被送进了日本人的"敌侨集中营"。她的情人英国军官查尔斯·鲍克瑟被日军狙击手击中,以间谍罪羁押。

异国的语音,日本人手上。

日本兵要她鞠躬!

她倔强地站住——心里满是沦落感。

对峙。僵局。

良久。

她明白,无论如何,她必须出去,为了孩子,也为了孩子的父亲。

终于,她一字一顿道:"我不是美国人。我嫁给了中国人。我是中国人的妻子。"

这是她此刻唯一的王牌——一张黑桃皇后。

谁?

日本宪兵惊奇。

"邵洵美。清朝上海道台的孙子。邮船大臣盛宣怀的外孙。"

根据日本和中国的习俗,一旦婚嫁,丈夫的国籍便是妻子的国籍。项美丽是邵洵美公证过的妻子,是官方承认的中国人;此时,中国人的身份远比美国人有利。

"证明。拿出婚姻证明。"

日本人给了项美丽两天的期限。

国籍问题关乎生死。

项美丽向滞留在香港的盛家求助。

盛家伸出援手。

邵洵美在第一时间提供了法律文书。作为证人,邵洵美的侄子出现在了香港外事局。

项美丽拿到了中国护照。她自由了。

她变卖了邵洵美送给她的珠宝,在黑市购买食物供给女儿和集中营里的鲍克瑟。

12. 归亦难

1943 年 9 月 23 日,项美丽和女儿登上"帝亚丸号"邮轮离开香港,遣返回国。

三周后,船停靠在印度西岸的果阿邦,这是美国和日本交换战俘的地方。

1943 年 12 月 1 日,美国泽西市码头。

——"你无法理解的事情太多了,因为战争"……项美丽的声音居然有些酸楚。

美国口岸,她被阻拦。她的身份充满疑点。她被带到一间屋子里甄别。

灯很暗。

联邦调查局特工出示一大叠相片,一张一张展现在眼前:

"你认识这几个人吗?"

是的,这些人,都是在上海认识的。有俄国间谍,英国间谍,共产国际间谍,日本间谍,以及双面间谍。

这是一笔时间的账单。

她一惊。中国八年,她交往的男人,原来那么厚!

照片里,唯独没有邵洵美。

联邦特工还在她女儿的裙子里找到了一块白色绸布,绸布上记录着十几个人的名字和地址,其中一些词语令特工无法理解。

譬如:"被洗刷得白色和被洗刷成白色之间有很大的区别";特别是有关一段樱花的句子,更令特工疑窦重重:"我们的樱花灿烂地开遍了这个国家,同样绽放的还有我们的精神和灵魂。"

证据确凿,她似乎穷途末路,她再次遇到身份危机。

但她极力抓住一线生机。

她断然否定。

"你提出证据来。"特工道。

她想起香港，日本人统治下的那次身份危机。

那一次，中国身份拯救了她。

她灵光乍现。

她道："英国少校查尔斯·鲍克瑟可以证明我在上海、香港、重庆的所有的经历；他是我的未婚夫，我们有共同的女儿。"

特工不依不饶。又问：

"你是美国人，你又是中国人的妻子，又是英国人的未婚妻，你到底是谁？"

项美丽一言以蔽之：

"因为我是一个坏女孩。"

然后，她开始用她最擅长的方式讲述她的经历。

在联邦特工听来，她简直就是传奇。比法国的可可·香奈儿更传奇。

特工们饶有兴趣地听她的天方夜谭。他们甚至给她买来了咖啡。

询问持续了一整天。

特工们累了。

特工们终于相信了她的故事。

她被允许上岸。

她终于见了不一样的天空,还有她的母亲和姐姐。

躺在纽约的床上。

项美丽缓缓闭上眼睛,听着隔壁收音机播报的新闻,她久违的语音、语调——似乎是颠沛后的镇痛剂。

她沉沉睡去。

"蜜姬!"

她听见有人叫她的名字。

谁?

没瞧仔细。也许是幽幽的前尘幻觉……

鲍克瑟被关押了两年,备尝艰辛。

二次大战结束后,鲍克瑟离婚,与项美丽结婚。又诞下一女。

一切,如张爱玲的小说《倾城之恋》——"香港的陷落成全了她。但是在这不可理喻的世界里,谁知道什么是因,什么是果?谁知道呢,也许就因为要成全她,一个大都市倾覆了。成千上万的人死去,成千上万的人痛苦着,跟着是惊天动地的大改革……"

"传奇里的倾国倾城的人大抵如此。到处都是传奇,可不见得有这么圆满的收场。"

13. 似是而非,容颜已改

时间。

1946年初夏,邵洵美受陈果夫之托,以考察美国电影的特使名义,在美国逗留半年。

他和项美丽在纽约重逢。

其时,他们已经分离七年。

见面之前,邵洵美在纽约第五大道的梅西百货公司,颇花费了一些功夫。他不确定选什么样的礼物是合适的。因为他的这位上海妻子已经另嫁他人了。而他们从未解除过婚约。

最后,他为项美丽的女儿买了一个美丽的娃娃。

鲍克瑟参加了他们的彻夜长谈。

时过夜半,鲍克瑟指着项美丽笑对邵洵美:"邵先生,您这位太太我代为保管了几年,现在应当奉还了。"

邵洵美含笑作答:"我还没有安排好,还得请您再保管下去。"

项美丽大笑不止。

诗人精致而完美的脸庞被一场中风摧毁了。

杜拉斯在《情人》里写:"与你那时的面貌相比,我更爱你现在备受摧残的面容。"

项美丽不是杜拉斯。她不能。

而邵洵美依旧是《情人》里那位中国男子。爱之于他,不是肌肤之亲,不是一蔬一饭,它是一种不死的欲望,是颓败生活中的英雄梦想。

他像西贡堤岸上的那位中国男人那样对项美丽说,和过去一样,他依然爱她,他根本不能不爱她,他爱她将一直爱到他死。

1958年,沙逊爵士送给伊芙琳的礼物是,陪她去纽约的百老汇观看音乐剧《窈窕淑女》。

邵洵美约项美丽在纽约广场酒店晚餐。

纽约广场酒店(THE PLAZA HOTEL NY),有《了不起的盖茨比》《西雅图不眠夜》《蒂凡尼的早餐》,有肯尼迪家族、沙特王室的签名;是纽约城中里程碑式盛宴的大写地址、纽约历史建制的一部分。

美国总统特朗普在收购这家酒店之后说:"我不仅仅是购买了一栋建筑物,我其实是购买了一件艺术品,好像蒙娜丽莎,这是我人生中第一次根本不根据经济原理做的一笔买卖。"

一掷千金或者豪赌,一直是邵洵美的基因。

理所当然,他选择了这家酒店。

他们的菜单,一如既往,尽可能地奢侈。他始终保持着对女士的尊敬和慷慨。

他们不由自主地回忆远东、上海的日子,这种下意识流淌出来的逝去的时间,如生命一般自然、冲动、延绵。

"幸福的岁月是逝去的岁月。"

邵洵美引用了普鲁斯特。

水晶吊灯,银质餐具,鎏金穹顶;窗外,纽约中央花园。战争远去,上海的岁月远去,他们失去了太多,一切已成定局——今夕何夕——一场殖民者对于海外领地的单恋,革命的号角是爱情的殇歌,幻灭灌满在高脚杯里。

14. 苍茫的暮色里

2012年9月,我站在威尼斯教堂的屋顶。

圣马可广场,小乐队演奏着维瓦尔第的音乐。

河水漫入广场,游人随着音乐在水中舞蹈,生命欢悦的模样。

狭窄的河道,贡多拉,黑漆,如一只馄饨,中间饱满,首尾高高翘起,顶部如弓箭,金碧辉煌。

——意大利的阳光,穿越灰蓝色的雾气,落在河面,船夫唱着号子,那不勒斯人特有的胸腔元音,透明高昂美丽的歌剧语言,在幽静、曲折的水道中回荡。是提醒,是宣示,洋溢着荷尔蒙。

其他旅客上了船,或者钻进巷子里的名品店。

我坐在岸边。

心里满是邵洵美。

空间有几何学,时间有心理学。

这个被人称为"岛"的地方,托马斯·曼的《威尼斯之死》成为行走的剧本——

"还有一个约莫十四岁的长发少年。阿申巴赫惊讶地发现那个少年美得出奇。他的一张脸内向而优雅,面色苍白,被蜂蜜色的鬈发所围绕,鼻子挺直,嘴型可爱,认真的表情甜美有如神祇,让人想起希腊最高尚时期的雕塑,具有形式最纯粹的完美,散发出一种无与伦比的个人魅力。阿申巴赫认为他从不曾见过类似的杰作,不管是在大自然中,还是在造型艺术中。另一个引人注目之处则在于打扮和养育这几个姊弟的教育原则似乎截然不同。

——他整个人显然是由柔软和温柔来支配。"

这似乎是邵洵美的侧写。

侍者递来菜单。

我选择了墨鱼面和凯撒色拉。

我举起手中的白酒,对自己说:"干杯!为熟悉的陌生人。"

一对璧人从船上下来,小麦色的皮肤,男一件亚麻便装,系一条丝绸围巾,一旁的女子,扭动着盈盈的腰肢,胸前一串珍珠项链。

倾塌的古墙,白色和紫色的伞形花卉低垂着,发出杏仁的香味。阿拉伯式的花格窗在苍茫的暮色里若隐若现,教堂的大理石台阶浸泡在河水里。

威尼斯,一半是神话,一半是陷阱。

圣马可广场,音乐家们继续着他们的手工艺术——销魂的四重奏。

我买了岛上著名的纪念品——面具。一具流泪的蓝色的面具。

欧洲留学期间,在岛上,邵洵美给盛佩玉邮寄了明信片,购买了古希腊女诗人莎茀(今译萨福)的诗集。

1949年,邵洵美捐出先进的德国设备印刷厂;他变卖家产,举家北上,希望能为新中国出力,结果被亭子间左派冷落一旁。

损失了巨额银两,邵洵美惨淡回得上海,成了靠译书为生的自食其力的劳动者。

译著有《解放了的普罗米修斯》《青铜时代》《麦布女王》等。每月收入仅够糊口。

1958年,由于与美国项美丽通信,邵洵美以间谍罪被捕入狱。流星划过夜空,富贵终有尽头。

上海提篮桥监狱,邵洵美半躺半卧,两位女子一起来到梦里——旗袍的中国妻子佩玉,梅西百货套装的美国女子项美丽。

初见你时你给我你的心/里面是一个春天的早晨/再见你时你给我你的话/说不出的是炙热的火夏/三次见你你给我你的手/里面藏着个叶落的深秋/最后见你是我作的短梦/梦里有你还有一群冬风。

——

这一年的邵洵美,病困交加,他还能记得自己青衫飘飘的模样吗?

邵洵美出狱。

在他生命最后的时刻,他最想证明的,不是他的贵族身份,不是他的贵族血液。他要证明的是——

一,1933年,英国文豪萧伯纳来华,住在霞飞路(今淮海路)的伟达饭店,曾在上海与宋庆龄、鲁迅等人吃饭。邵洵美记得自己是参加了的,并且是他付的钞。但是媒体报道,却删除了他的名字。

二,鲁迅指责他的诗词是请"枪手"代笔,这是冤屈的。邵洵美对天发誓那些诗是他自己写的,自己一向是在用心写诗的。

当命运收回了他的黄金岁月,还要夺去他灵魂的装饰品——诗人的称谓吗?

法国艾克斯,喷泉在石板路旁汩汩流淌,水汽裹挟着薰衣草香渗入呼吸。若逢六月薰衣草花期,小镇化作紫雾弥漫的调色盘,即便非花季,圣维克多山赭红色的岩土与橄榄树林的银绿,仍延续着塞尚笔触里的色彩。我坐在塞尚故居的院子里,被阳光晒得微醺的午后,连空气都像马卡龙般浓郁黏稠。

邵洵美游学法国途中,选了一张明信片,寄给上海的未婚妻盛佩玉。

马卡龙触碰了两个时空的密钥。

邵家淮海路上的别墅。项美丽开车,从杨树浦大房子里抢出来的家具和宋版书早已没了踪影。

整个住宅区都换了主人。

——经历了几十年的命运变迁,盛佩玉从官家锦衣玉食的小姐,改造成街道居委会收电费、灭蚊蝇的小组长,受红色精神的影响,对那份品质精致的生活本身亦心怀负罪感。

女儿从小菜钱里省出七分钱，为父亲邵洵美买了一块"鹅"牌咖啡。咖啡，一寸见方，外面一层白糖，包裹着劣质的咖啡粉，用小铝皮壶，放到煤气炉上煮化了，倒在厚底的玻璃杯里。冬天，双手捂住杯子，暖着手，久久，才啜一口，咖啡的味道洒满了劫后余生。

日历一页页翻过。

邵洵美变得沉默了，经常一个人枯坐在朝北的那间亭子里，有时，他译书，也译几行小诗，有时什么也不做，只是坐着，看梧桐树叶落在地上，又被风吹远了。

大跃进，人民公社。邵家别墅批给里弄做食堂，只剩了一间给邵洵美，因为他的身体已弱不禁风，再也不能被搬动了。

这还是求来的。

长子祖丞是时代中学的英语教师，因受牵连下放农村劳动三年，回来，离了婚，睡在地板上。唯一的一张床让给了父亲。

女儿如愿嫁了一位医生，迁往南京。夫人盛佩玉一同随行。

邵洵美的生活陷入了极度的混乱和困顿。

一封家信中,他这样苦叹:"今日已二十三日,这二十三日中,东凑西补,度日维艰。所谓东凑西补,即是寅吃卯粮。小美的十元饭钱用光了,房钱也预先借用了,旧报纸也卖光了,一件旧大衣卖了八元钱。报纸不订了。牛奶也停了。……烟也戒了。尚有两包工字牌,扫除清爽便结束……"

一日,徐志摩的遗孀陆小曼来探望。他一心一意,想好好招待这位故友的妻子,可怜囊中羞涩,抽屉里,取出一枚吴昌硕亲刻的"姚江邵氏图书珍藏"白色寿山石印章低价出售,换来十元的酒菜钱。落魄至此,依然一掷千金的做派。(这枚章后来为钱君匋收藏)

春寒时节,最难将息。

他被喘咳折磨着,缠绵在病榻,可的松、强的松之类的药物、喷雾器,替代了文房四宝。趁他病情略有好转时,家人建议去余姚乡下静养,他拒绝了。这座城市已经与他血脉相连,来日无多,不愿离开。

他在《感伤的旅行》一文中说:"此地有我的老家,有我的新居。它是一部我的历史,它会对你说我自小是多么可爱，长大了是多么顽皮，成了人怀藏着多少的奢望。没有它，我对自己的过去会没有查考。"

他也试图寻找他气质的来源，宛如希腊神祇雕琢而成的面容，性格的多重维度——父亲与母亲，作为生命传承的两极，各自携带着家族基因密码，交汇在他的灵魂。

逼仄的空间，灵魂的困顿，方寸之间的压抑吞噬了梧桐树下漫步的诗性，艾克斯泉水漫过他的脚面，他忆起法国的鱼汤、酒、咖啡；夏日的绵延断裂，诗人心中仍有一丝微光。

他这么想着的时候，26路电车叮叮当当，渐渐近了，停在宋庆龄故居的门前。

春节过后，邵洵美休克了一次。调治了三个月，渐有好转。

这一日，微雨，他写下了一首小诗：

天堂有路随便走，地狱日夜不关门。
小别居然非永诀，回家已是隔世人。

他相信，自己已经看到过死神的面孔，是《威尼斯之死》里的那个美少年，漂浮在威尼斯运河上。那是对美的执念和信念。他甚至已经非常真切地看到了另一个世界里的旧日朋友。

他变得特别怀念往昔的光景，常常念叨那些死去或者活着的挚友的名字。一晚，他让夫人烧了一桌好菜，说要等候徐志摩和陆小曼。

夫人陪着他等了大半宿，并记下了他的四句诗：

有酒亦有菜，今日早关门。
夜半虚前席，新鬼多故人。

他真诚地检讨："我这种东西写它做什么？对人对己全没有好处。文艺是为工农兵的，为工农兵写作，为工农兵所利用的。毛主席的最高指示不是已经说得清清楚楚、明明白白了吗？毛主席所写的诗词，哪一首不合乎这个标准？而我写的东西，哪一篇经得起考验？我的东西，只能起一种作用，便是说，留作一种资料，说明我国历史上曾经有过这样一种东西，它反映着某些人的思想，一种资产阶级个人主义的东西，一种毒草的标本，可以在需要时作反面教材。将来或者把它们拿给文史参考资料编辑的负责人去看看，有没有用。"

海外学者，在研究上海开埠历史和文化中，关注了邵洵美。比如李欧梵，在专著《上海摩登》里，用了一个章节论述了邵洵美。

李欧梵说：在现代文学史里，邵洵美比大部分作家不为人知，是因为他最不符合五四作家的典型。

华东师范大学陈子善教授认为，邵洵美是被低估得最为严重的现代文化人。

邵洵美，这般文化、文艺、天生富贵、柔弱、柔软、纯良之人，一如二十年代巴黎的 flaneur 浪荡子，应该 stand out，被埋没；产生的土壤失去了，这样美妙的人儿活不下去的。

多数人只知道他是一个风流风雅的 dandy，唯美的浪荡子，只记得鲁迅先生对他的刻薄的评价；人是趋利的，即便是业界学者，也懒得去为一个非政治典型人物、为一个不可能获得任何研究基金的人劳神费心。他落难，那些曾经得过他的好处的人都避之不及，没有人

上海，作者在
诗人邵洵美墓前

挺身而出。

如果他精于算计，多些功名心，仅凭借在诗歌创作上的成就，对出版的贡献，对各位文学家艺术家的慷慨相助，以及深厚的人脉，以及有《论持久战》英译本出版的一份贡献，在之后的日子里，不说混个什么文化官员，也总可以在文坛有个饭碗吧！可他太孤高了，他不屑求人，他的基因里没有。他什么都没有得到，既没有安身也没有立命，甚至莫名入狱。但是即便落到这种惨境，邵洵美依然将头发用刨花水抹得纹丝不乱，"唯美"之心不改；即使潦倒，亦如法国王后，上断头台，一个趔趄，踩到刽子手的脚面，本能地道歉，然后，优雅地将天鹅一般的脖颈伸向铡刀。

他已经不再是项美丽文字里的那个"云龙"了。

他算过一命：

"若过此劫，则时来运转，飞黄腾达。"

他只应了前一段。

（感谢邵洵美的女儿邵阳、女婿吴立岚用近十年的时间，不厌其烦地回答笔者的咨询，为笔者提供独家资料；感谢华东师范大学陈子善教授审阅文稿；感谢徐汇区房屋土地管理局原局长朱志荣先生帮助笔者进入传主的建筑空间、感谢美国圣路易斯的律师宗武兵女士、作家诗人裘小龙先生帮助笔者寻找项美丽的过往）

[注1]

密苏里帮：1928年前，密苏里大学哥伦比亚分校毕业、在远东工作的记者，半数以上在中国。比较著名的包括密勒（Thomas F. F. Millard）、鲍威尔（J. B. Powell）、美联社的莫里斯（John R. Morris）、哈瑞斯（Morris Harris）、巴布（J. C. Babb）、怀特（James D. White）、合众国际社的克林（Benjamin Kline）、《纽约时报》的米索威滋（Hernry F. Misselwitz）,《纽约先驱论坛报》的科内（Vitor Keen）、《密勒氏评论报》的克劳（Carl Crow）等，后来又有武道（Maurice Votaw）、斯诺（Edgar Snow），非密大背景、但出自密苏里州的史沫特莱（Agnes Smedley）、项美丽（Emily Hahn）等。

1900年开始，这些人从美国中西部络绎不绝地开赴中国，形成了一道壮丽的景观。西北大学的汉密尔顿教授（J. M. Hamilton）形容他们为"密苏里新闻团伙"(Missouri Monopoly)，阿道夫大学的罗赞斯基博士（Mordechai Rozanski）更戏称这些人为"密苏里黑手党"(Missouri Mafia)。

第二章

苏迈莉公主的间谍圈

公主出场,总是需要阵仗的。

上海,绝不是周杰伦的《上海1943》。

上世纪三四十年代,上海拥有两副面孔。

一副是小说家茅盾笔下的摩登上海,光热电、霓虹灯、舞厅、顶层酒吧、大饭店、高级公寓、游乐场、跑马厅、咖啡厅、花园派对、午茶沙龙、网球场、爵士乐、百货公司、巴黎香水丝袜口红、意大利西服、古巴雪茄、欧洲跑车、香槟鱼子酱,一个无与伦比的消费天堂,奢靡繁华超出天界;另一副是学者卢汉超笔下的"霓虹灯外",棚户区、贫民窟、乞丐、人力车夫、舞女、妓女、破产的农民、柴米油盐的小市民;租界里,"白"俄与"红"俄,将相互之间的刻骨仇恨从母国带入上海，厮杀不休；德国侨民在德国花园总会忠实地庆祝希特勒的生日，却沮丧地发现，在上海，他们的人数已被数千名说德语的"非雅利安人"难民超越；聚集在虹口的三万犹太难民，带来了不同国家、阶层的鄙视链；高贵的不列颠外侨与富有的塞法迪犹太大亨擦肩而过；黑帮、菲律宾乐队、赌场老千、扒手、各类诈骗犯如鱼得水；各大夜总会门前，身着制服的俄国门卫，佩戴着从虹口小商品市场买来的假徽章，自封为前沙皇将军，驱赶着无处不在的乞丐。

极力保持优雅姿态的上流社会和下层劳苦大众、奢华与赤贫、虚荣与污秽，共生共存。两副面孔如此真实地、超现实地构成了一个混血的、别具一格的上海。

一位美国传教士如是说："摩天大楼组成了上海，大楼下面却是二十四层地狱。"

最国际化最危险最复杂——地球上没有一个地方比上海更适合成为秘密间谍战的发生地了。

作为间谍战场的上海，它的魅力远远超出了好莱坞经典影片《北非谍影》；每天，都有类似侦探福尔摩斯、波洛，类似英美法德情报机构的军官或者便衣以及化装成名媛、富商、男爵、艺术家的间谍，遍布在华懋饭店的酒吧、客房、舞厅、吸烟室。探案圣手阿加莎·克里斯蒂，也曾把她书中的间谍安排在上海——刺激、惊险，极具戏剧性。

一战期间。酒店套房，德国间谍玛塔·哈丽，伏在保险柜前，一遍又一遍试着密码，无果。

她抬头瞥见墙上的挂钟，钟面一直停留在9点35分15秒。

这个数字会不会是保险柜的密码？

保险柜密码是六位数，如果时间是密码，93515才五位数。哈丽灵光乍现：9点，如果是晚上9点，那就是21点，密码就是213515。

孤胆。

"咔哒"一声，保险柜门开了。

保险柜里有坦克的设计图。德国军方迫切想得到这份设计图。

哈丽取出照相机，拍下图纸，然后将一切恢复原位。才收拾停当，仆人就进来打扫房间了，前后只差半分钟。

这就是历史上著名的"最后半分钟"。这个情节成为经典，被广泛地应用在间谍片里。

为了收服哈丽，德国花了五万法郎。一笔有价值的投资。

不久，哈丽又被法国军方盯上了。法国情报机构发现，身为脱衣舞娘的哈丽，与各国大使来往密切。在她发出的三封信件中，有一份是送给德国的秘密情报。法国情报部门一番掂量权衡，策反哈丽成为双面间谍。优厚报酬面前，哈丽同意了。

1940年5月，在上述眼花缭乱的铺垫中，自称印度公主的苏迈莉（Princess Sumair Patiala，上海档案馆里一份简报，将 Sumair 拼写为 Sumait）出场了。她径直走进南京路20号，出手阔绰，在上海滩最昂贵的华懋酒店，租下一个套房。

公主一落地便引起了关注。

《字林西报》报道了苏迈莉的行踪。

1940年5月23日，沙逊日记的一整页，都是苏迈

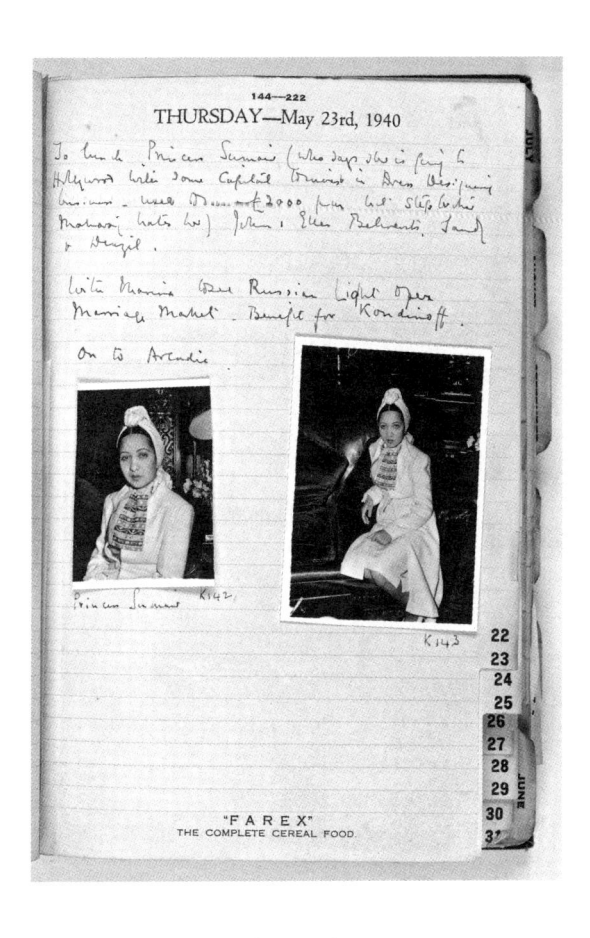

1940年，苏迈莉公主出现在维克多·沙逊的日记中。

【源自：美国南方卫理公会大学】

莉的照片。

她一袭纱丽，风姿绰约；法语很巴黎，英语很牛津，一时成为华懋饭店的焦点。记者、各国情报机构悉数参与了针对她身份的调查。

也许，她将是又一个哈丽。

俄国真假公主的悬案引力，将人们的激情挪移到了这位印度公主身上。

1918年7月17日凌晨，关押前沙皇尼古拉二世及其家人的伊帕切夫豪华别墅的地下室响起一阵枪声。

三十分钟后，一辆卡车开出大门，消失在漆黑的夜里。从此，世间无人见过沙皇一家。

苏俄政府对外宣布，尼古拉二世已于1918年7月17日被处决，但并没有提到家人的名字。也没有人亲眼见到沙皇一家的遗体。

虽然人们怀疑沙皇全家都已不在人世，但逃到欧洲的俄国难民依旧抱持着希望。

1920年2月某个寒冷的夜晚，有人在柏林的运河中救起一位年轻女子。她浑身是伤，一颗子弹擦过了她的头部。

她拒绝说出自己的姓名。

直到1922年,她突然宣布自己是阿纳斯塔西娅,尼古拉二世和皇后亚历山德拉的第四个女儿,行刑时被好心的士兵解救,偷送出俄国。

消息如野火,在俄国移民社区传播开来,流亡的贵族们纷纷前来探望。

亚历山德拉皇后的姐姐、普鲁士的伊雷妮公主显然不相信。

如何证实呢?

1925年夏天,尼古拉二世的姐姐、女大公奥尔加,请求阿纳斯塔西娅身前的督导教师皮埃尔·吉利亚尔前去甄别。虽然吉利亚尔找不到这个女子与阿纳斯塔西娅相似的地方,但他不想做最后裁决人。

同年秋天,阿纳斯塔西娅的教母奥尔加来到柏林,她不认可这位女子的说法。

要么承认,要么否认,与俄国皇室有着血缘关系的欧洲各皇室承受了巨大的压力。

1928年,皇室成员安排这位待定的公主,前往纽约拜访阿纳斯塔西娅的堂姐、俄国公主齐妮娅。

这位女子傲慢的举止、蓝色的眼睛以及"直觉上貌似一家人"的特征给齐妮娅留下了深刻印象。

1928年尼古拉二世的母亲去世后,沙皇一家十二位亲属,公开谴责"阿纳斯塔西娅·柴科夫斯基"是骗子。

十年后,她以"安娜·安德森"的名字向法院提起诉讼,对沙皇一笔财产的分配提出异议。她的律师找来人类学家和笔迹专家,证明安德森就是女大公,辩方则针锋相对进行反驳。

法庭上,安德森说:"你要么信,要么不信,我都无所谓。"这种做法反而增加了她身份的可信性。

1956年根据安德森故事改编的电影《真假公主》上映,女演员英格丽·褒曼因此获得奥斯卡金像奖。

全世界的杂志报纸绘声绘色地描述失踪公主的传奇故事,一个悲剧的现代童话。

那么苏迈莉呢?

公主的故事总是吸引人的。

苏迈莉引起英国情报机构的注意,绝不仅仅因为女间谍哈丽的前情;她可疑的身份和层出不穷的花边新闻,以及环绕在她身边的人物是最大的疑点——迈米奥里尼医生、厄本医生和德吕费,均是轴心国的间谍。

苏迈莉何许人也?

她来上海干什么?

她是否真是公主?

苏迈莉对任何疑问,三缄其口。

有人在拜访帕蒂亚拉大公(Patiala)时说,见过他的女儿。

大公问:"是哪个女儿?"

客人道:"一个名为苏迈莉的姑娘声称是您的女儿。"

大公道:"这是完全有可能的。我有23个女儿。"

调查人员的报告也是纷乱的。

一说,苏迈莉是帕蒂亚拉大公的私生女,大公于1938年去世前不久,正式承认了她的女儿身份。

另有人断定她是帕蒂亚拉大公的外甥女。

也有人说她是已故帕蒂亚拉大公的情妇。

帕蒂亚拉大公所统治的领地大小与英国约克郡相

仿。印度旁遮普地区，土邦王国统治者中间，帕蒂亚拉大公排名第一，世界上最有钱的富翁之一，有资格享受十七响礼炮的礼遇。1918年，官方计算的年收入为64万英镑。

1925年，帕蒂亚拉大公访问英国时，随身携带了两百件行李，每件行李上都盖有他的象形纹章。他和随从们在伦敦萨沃伊饭店包了一百个房间。他的二十辆汽车中的三辆，始终在饭店门外二十四小时待命，以备他的不时之需。

苏迈莉出生于1918年。

她的童年生活几乎不为人知，她或许是在帕蒂亚拉的王宫——莫蒂巴格宫内或者附近生活过。

苏迈莉十三岁时，嫁给了印度国家铁路公司的官员西尔达·阿普吉特·辛格。所以，在她的档案里，还有另一个名字：Rajkumari Sumair Apjit Singh。

这对夫妻很快就分居了。

1937年前后，苏迈莉与父亲一起前往英国。与父亲发生激烈争吵，从此疏远了父亲以及其他大多数家人，除了她的母亲。

1938年，二十岁的苏迈莉与母亲一起旅居巴黎。

她成为著名意大利时装设计师艾尔莎·夏帕瑞丽的模特儿。在此期间，年迈的大公去世了，由他的儿子、前全印板球冠军约达维德拉·辛格继任。

1939年欧洲战争爆发，年轻的大公下令苏迈莉和母亲回国。苏迈莉照办了，她的母亲却去了美国。

苏迈莉，譬如一只玉镯，曾经在王宫里待过，流落出来，色泽终究是不一样的。

从浪漫浮华的法国巴黎回到单调乏味的帕蒂亚拉，苏迈莉显然不能适应。王室成员热衷于马球和板球，而苏迈莉热爱时装舞台和可可·香奈儿的香水。她渴望成为电影明星般的迷人女性。

她自剖道："除了我的情感仍像东方人那样敏感，我已名副其实地彻底西方化了。"

母亲写信让她去洛杉矶团聚。

母亲的手谕，是苏迈莉印度生活的赦免令。她立即启程。

1940年5月，她乘坐的国际邮轮停靠上海，她没有继续她的旅程。她留了下来。她觉得上海更像纽约，且比沦陷中的巴黎更快乐。

应接不暇的社交舞台上,她身穿东方式长袍,在宾客和水晶杯之间,应付自如,既胆大心细,又轻浮放纵。

她很快获得了女色情狂的名声。她像一只贪得无厌的蜘蛛,首先吸引住一个人,接着吸引住另一个人,最终吸引住一大群崇拜者。这些人发现,一旦被她迷住,便再也无处遁逃。

她的无敌武器不是惯常的美貌,而是流传千年的印度性爱瑜伽。她跳一种"七层面纱舞",胴体若隐若现,颇具撩拨。

这样的女性,沙逊爵士自然不会忽略。沙逊日记里,多处提及了苏迈莉。

男女关系中,沙逊习惯掌控者的人设。在苏迈莉入住的最初几天,他照例使用他的招牌待客方式,奉上香槟、鲜花,以及共进早餐或者午餐,或者一打巴黎丝袜。

苏迈莉似乎并不过分在意沙逊的态度,或者说她来不及在意——她身边不缺高贵的男性。

奥克西翁·德吕费男爵是她的众多战利品之一。

男爵，法国人，身材高大、体格匀称、仪表堂堂，一战英雄、古董收藏家，亦是政论作家，出版过许多著作，包括《中国是否疯了？》(*Is China Mad*，1928)和《亚洲妇女以及其他》(*Femmes d'Asie et d'ailleurs*，1929)。三十年代，他在租界的法国人、日本人以及当地犯罪利益集团中扮演微妙的角色。他与这位印度公主搭上关系的原因始终不得而知。也许，这只是一次简单的调情。

苏迈莉对他的兴趣不仅仅止步于社交。她发现他的妻子塞莉娜正与一个希腊人私通，便试图讹诈塞莉娜，扬言要向德吕费男爵告发她。塞莉娜拒绝付钱，甚至对苏迈莉大打出手。

1941年12月7日，太平洋战争爆发。

次日上午十点，日军占领了位于外滩的汇丰银行总部。银行职员被迫交出保险箱和保险库的钥匙，汇丰银行从此处于日本横滨正金银行的控制之下。

所有其他英美银行和企业的命运大同小异。

日本人将其新闻局设在沙逊产业下的都城饭店。此前,这里是项美丽以及外国记者喝下午茶、泡吧、交换情报的地方。

日方在都城饭店召开了一次英美名人的会议。

日军新闻局代表说:"如果你们之中的任何人曾经遇到诸如殴打、推搡或者刺伤等暴力事件,我们愿意听取你们的意见。"

有日本官员询问美国记者鲍威尔:"当日军进入公共租界时,你认为他们会对你做什么?"

鲍威尔答道:"我认为最坏不过是被枪杀。"

鲍威尔的话引起在座者的哄堂大笑。

一名美国记者问:"英国人和美国人是否会被送进集中营?"

日军发言人道:"公共租界本身就是一种集中营。"

那时,苏迈莉也从奢侈的大饭店搬到大西路(今延安西路)一处较中产阶级的酒店式公寓。据推测,可能为邬达克设计的达华公寓。后移居至都城饭店。

不久,她租住了国际饭店(Park Hotel)。

谁在支付她的钱包?

负责监视她的警官麦基翁猜测说:"她完全可能从

事高报酬的卖淫。"他暂时放弃了从"政治角度"观察她,但他警告说:"如果她囊中羞涩,她可能会被某个党派利用,在这种情况下,她对印度的了解以及她的所谓的身份也许是一种资本。"

麦基翁的猜测似乎很快得到了证实。

苏迈莉的朋友奥克西翁·德吕费遇刺,在送往医院的途中死亡。

传闻,幕后黑手是法国商人步维贤。

步维贤为亚尔培路(陕西南路)回力球场的老板,戴高乐主义者,反对纳粹德国占领法国。作为上海法国总会的会长,在政治上,步维贤与德吕费严重对立。

步维贤受到怀疑,但没有证据。法租界警方断定,这次暗杀是亲国民党的蓝衫队所为。

与此同时,苏迈莉收到一封匿名恐吓信。

苏迈莉花容失色。

苏迈莉向警方寻求保护。警方彬彬有礼地听取了投诉,但并未采取调查行动。

1941年的圣诞节,苏迈莉在国际饭店举办鸡尾酒会,庆祝她的"私人秘书"、年轻的俄罗斯女人奥尔

EL APARTMENT-HOUSE "HUBERTUS COURT" EN SHANGHAI

达华公寓建于1935年至1937年

都城饭店为新沙逊洋行属下的华懋地产公司投资兴建，
1934年建成，1935年开业。设计者是英资公和洋行。
楼高14层，高65米。属于典型的装饰艺术运动主义风格。
是当时上海最豪华的饭店之一。
作家项美丽将此处酒吧作为她的会客厅。

1941年12月末，
苏迈莉公主（左二）在上海国际饭店为私人秘书举办生日派对

大桥大楼：

1935年以前，大楼所在的四川北路崇明路一带为老式石库门里弄清云里。1935年，在今址兴建起高7层的现代派公寓大楼，后因其正门朝向四川北路南端的四川路桥，所以通称为大桥公寓。1937年8月，淞沪战争爆发后，日军进入公共租界北区，随即将该处改作驻沪日军宪兵司令部的本部，并于底层添设留置场，用于关押政治犯。除关押中国人外，包括英、美、俄等外国侨民，乃至有所谓"危险思想"的日本人均拘留于此。

加·雅科夫列夫（Olga Yakovleff）的生日。鲜花、蛋糕、蜡烛、华服，以及各色献殷勤的绅士。

这次生日派对，被视为珍珠港事变后上海租界最重要的社交活动，亲日的《上海泰晤士报》刊登了一张苏迈莉公主与来宾合影。

1942年初的一天夜里，日本宪兵粗暴地敲开苏迈莉的房门。一番搜查后，拿走了文件以及珠宝首饰。

苏迈莉屈辱地当着日本宪兵的面穿上衣服，接着"不容分说地被带下楼，塞进一辆汽车"。

她被带到大桥大楼。她受到审问，并被指控充当英国间谍。

她说："他们的指控所依据的一件事是，我在德国人占领法国前一个月才离开那儿。他们说，这是可疑的，其中必定有鬼。我竭力否认这种指控，因此受到粗暴的对待。他们接着拿出从我的房间内搜走的照相簿，里面有我与美国海军陆战队的汉密尔顿少校在一起的照片，是在上海若干社交场合拍摄的，还有几张上海英美名人的照片。有关汉密尔顿少校，日本人告诉我他是一名情报军官。当然，这使我遭到殴打和斥骂，他们把我当作畜生一样对待。"

苏迈莉声称，她的腹部被猛踢了几脚，造成内出血。一个月后，她被释放。由于受到虐待，她不得不在宏恩医院（今华东医院）接受了一次手术。

她的圈子里，另有一个显眼的人物为"尤金·皮克船长"。

"皮克船长"原名艾夫根尼·科耶夫尼科夫，第一次世界大战中，在俄国军队中服役，自称曾十一次被德军俘虏，但每次都成功越狱。

1919年至1922年间，他在莫斯科陆军军官学校和音乐与戏剧学院学习，毕业后供职于苏联驻阿富汗和土耳其大使馆，任陆军武官。1925年，皮克随苏联军事代表团来到中国，为共产国际工作。1927年，他将共产国际的机要情报出卖给英国和美国的情报组织，获取了丰厚的报酬。

二战后，美国情报机构的一份报告中形容他是"受过良好教育的人；优秀的语言学家；出色的演员；文笔流畅的作家"；另一方面是"能力极强的谋杀犯、特工、叛徒和军火走私贩"——一个戴着无数张面具的演员。

"八一三"事变后,英、法、美、意驻军,与日军协定划分在上海的驻军范围。皮克开始为日本海军情报局上海办事处工作,从事针对英美等国的间谍行动。

皮克的地下情报集团拥有四十多人,其中包括出入各个高级俱乐部的色情女间谍。她们以交际花的身份窃取情报,暗杀英国谍报员。在日本人的庇护下,只要有利可图,任何人都可能被皮克船长收买或出卖。

皮克曾被判杀人罪入狱。珍珠港事变前获释。

1941年12月7日,日本偷袭珍珠港,向英、美宣战。

一小时后,中国时间12月8日凌晨四点,日军向英、美驻守在上海黄浦江上的"威克"号和"北特烈"号劝降。负责劝降的便是皮克的日本后台大谷稻穗。

"威克"号成为二战中唯一向日军投降的美军军舰,后被日本海军征用,改名"多多良"号。

英军"北特烈"号舰长斯坦福·波金霍恩少校拒降,被日军击沉,成为在上海黄浦江上唯一被击沉的外国军舰。舰上十八名船员,六人殉职,多人重伤,三名获救上岸,其中两人被捕,仅士官詹姆士·卡宁逃离。

二战后,"尤金·皮克船长"被美国政府遣返上海,接受国民政府的审判。

苏迈莉的另一位朋友:迈米奥里尼"医生",曾一度钻研中国毒药,一夜暴富,订制了一块金砖,用以炫耀。有人怀疑,这是出卖情报获得的丰厚报酬。

迈米奥里尼"医生"暴毙在上海一家医院。

德国法医对他的尸体做了解剖。据此,人们怀疑他与盖世太保有着千丝万缕的关系。

苏迈莉公主朋友圈的另一人物——赫尔曼·厄本"医生",曾在租界外侨难民营当了两年卧底,为日本宪兵搜集情报。

1943年4月,苏迈莉与日裔美国人高见卫彦结婚。

高见卫彦出生在纽约,持有美、日双重国籍。与苏迈莉一样,他为自己炮制了"欧洲伯爵"的贵族身份。

在这场婚姻中,新娘子苏迈莉"公主"是重婚者,她从来不曾与印度丈夫正式离婚。

乱世,一刻千金。顾不了许多了。

他们在上海国际饭店举行了隆重的婚礼。

来宾囊括了上海沦陷区几乎所有的达官贵人:轴心

国高官、俄国逃亡贵族、汪伪政权要员。

她希望仗一直打下去。她混淆了物质享受与情感的高尚的边界。她的心肠越来越硬,只要能满足她的物质欲望,其他,都可以忽略不计。法律、道德、良知,如帽沿的面纱,飘来摆去。随着战事的发展,她越来越不愿意约束自己了,每一天她与《了不起的盖茨比》女主黛西相遇,声音里充满了金钱的味道;她们彼此在租界的黄金时代与纽约的爵士时代浮华共振。

这桩婚姻亦被描述为印度与日本的亲善关系的缩小版。

高见卫彦的上司送给这对夫妇的结婚礼物是位于法租界居尔典路(今湖南路)的一幢别墅。

别墅的前任为美国人,被关进了"敌侨集中营"。

法租界的别墅,苏迈莉转身成为雍容华贵的女主人。

华懋饭店的菜单——香槟酒、黑鱼子酱、咖喱成为她派对上的主要食品。

苏迈莉的第二次婚姻如恒河的晨雾。丈夫另有相好。他们经常吵架,家暴。她离家出走。因为钱,又不得不回家。

高见卫彦去菲律宾执行任务之前,他提议离婚。

苏迈莉出现了经济亏空。有一段时间,她依靠出售家具和其他高档物品生存。

从1944年12月起,每月她从日本海军部收到五万元津贴。

在寄自马尼拉的信中,高见卫彦说他仍然爱着她。作为爱她的证据,他托人带给她几件礼物,包括一只皮箱,皮箱内有十根银条,鲨鱼皮和巴黎尼龙长袜。这些物品,在战时或战后,均属奢侈品。

苏迈莉长袖善舞,及时止损。她放弃了对高见卫彦的幻想,开始从其他男人,似乎还从其他女人那儿寻求价值和安慰。

一份来自美国的情报指出:为了寻求快感,她往往同时与男人和女人发生肉体关系。她显然也是一个性变态者,她既有虐待狂倾向,也有受虐狂倾向。

根据同一份报告,从1945年初至日本投降,苏迈莉是"日本大人物佐佐木的情妇"。此人据说能把任何人送进大桥大楼。

苏迈莉被说成"印度帕蒂亚拉邦统治家族被驱逐的成员以及在法国的前德国间谍、在上海的日本间谍和德国间谍"。

这种说法无疑使苏迈莉具有了太多的政治意义。

上述情报补充说:"不用说,这个极其危险的女人也是极其漂亮的。"

《上海秘战》(*Secret War in Shanghai*)一书中,给了苏迈莉两个定语:"花痴""女同性恋崇拜者"。

而真相无疑更世俗:她大约只是一只没有信仰没有国籍概念的社交蝴蝶,在高度解放的放纵的女性之路上随波逐流。

1945年夏,盟军取得了决定性胜利。

上海,日本人的统治已经崩溃。

她的公主生活难以为继。她搬到一间更小的房子里。客厅的壁炉早已废弃,墙纸龟裂,梅雨天,底楼潮湿,食物出奇的短缺。她觉得人生的辛酸统统盛在她的早餐盆子里了;香槟酒的气泡从她的灵魂深处勾起别样的回忆。她支起胳膊肘,用黄油刀在柚木餐桌上一道一道,用力划割着。

她已不年轻了。

她私人酒会的宾客名单中,越来越多地出现陌生的美国人的名字。她惧怕容颜老去,她依旧努力翩翩起舞,发出尖叫,同一类事件在时间里循环重复;与男性,则如蚂蚁互碰触角,仅此而已。

她多次公开宣布,自己被高见卫彦的背叛深深伤害。她频频与帕蒂亚拉邦的印度家人联络,请求他们给予自己经济支援。

1945年10月,苏迈莉写了一封长信给她的亲戚帕蒂亚拉大公,详细叙述了自己的经济状况,并且要求资助。

她写道:"经过长期的流泪和孤独,我终于下定决心,诚挚而歉疚地与您联系,只有巨大的磨难才能带来这种歉疚的心情。"

她叙述了自己在战时被日本人监禁的经历,并说,她"幸免于人生的这个悲剧性事件,思想和心智变得更坚强了,但从身体的角度来看极其虚弱"。她打算"使用笔名从事文学生涯,不希望披露与您的任何关系"。她还打算在南美购买一所农场,"偿还我的信用借款,并且离开上海这个对我来说不堪回忆的令人痛苦的城市。在这个陌生的城市,在唯利是图和刻薄无情的人们中间,我几乎丢了命"。

帕蒂亚拉大公显然被这种伤感的请求打动了,他寄给她两万英镑。

然而,苏迈莉无意离开上海。

她的说辞是,缺乏一份有效的护照。

她买下九江路大陆大楼内的一个古董店。

1946年5月,传说她打算嫁给一位美国前军官。

中国当局曾考虑逮捕她,或将她驱逐出境,但最终决定听之任之。

1946年12月,她仍在上海,而她的美国未婚夫已不见踪影。

她不善经营。不久,就对古董店生意失望了。

她写信给英国战争罪行委员会,要求补偿她在大桥大楼所受到的日本人的虐待。她说,这种虐行使她必须在美国的梅约疗养院接受治疗。

1949年2月23日,《上海晚报与水产报》(*The Shanghai Evening and Mercury*)刊登了苏迈莉乘坐飞机

离开上海赴曼谷的消息。

苏迈莉先后在巴黎、纽约开设精品服装店,专供上流社会妇女。她的前缀依然是公主。

她与一位皮货商结婚,共同拥有以苏迈莉(Sumair)命名的公司。

她仍是作家笔下的人物。作家琳达·罗德里格斯·麦克罗(Lina Rodriguez Mcrobbie)关于苏迈莉的著作,书名直接定义了这位女性:《不伦的公主》(*Pricesses Behaving Badly*)。

她是一个魅惑的谜团,身上粘贴着许多副本、许多修订本。战时上海,如此这般的人物不胜枚举。而大饭店正适合这种掐头去尾、历史模糊的过客栖息。

都是过客。即使沙逊,曾经控制着上海天际线高度的大亨,也是上海的过客。

(本文特别鸣谢作家、翻译家夏伯铭先生,作家张晓栋先生)

第四章

成为电影片场：太阳帝国，斯皮尔伯格

上海是古巴比伦和拉斯维加斯的混合。

它是我小说的主要引擎。我一直想把世界变成三十年代的上海。

——英国作家 J.B. 巴拉德

巴黎。阳光照在脚面上。仆人端来香草茶，配法国传统点心玛德莱娜。普鲁斯特将玛德莱娜蛋糕蘸了茶水，送入舌尖；瞬间，味蕾撬动了记忆的暗钮；家族历史、街道的历史、城市历史、法兰西历史，汹涌而来。人们将这个时刻命名为"普鲁斯特时刻"。

普鲁斯特开始书写伟大的小说《追忆逝水年华》。

詹姆斯·格雷厄姆·巴拉德，英国上世纪六十年代

新浪潮科幻小说代表作家，拥"科幻小说之王"美誉。出版小说二十余部，也是被上海忽略太久的重要作家之一。

1930年11月，巴拉德在上海降临。珍珠港事变后，全家被日军羁押在龙华集中营；1946年，他随父母返回英国，在剑桥修读医学两年，做过广告拟稿员和搬运工，后加入英国皇家空军。

五十年代，巴拉德开始发表短篇小说。1962年，第一部重要的长篇小说《淹没的世界》(*The Drowned World*)出版。随后他的作品不断获奖，例如《暴行展示》(*The Atrocity Exhibition*)、《撞车》(*Crash*)、《太阳帝国》(*Empire of the Sun*)等。

巴拉德十五岁离开上海之后，除了偶尔出门度假，后半生在英国小镇谢珀顿度过。妻子去世后，他独自给三个孩子做饭、熨烫校服，送他们上学。

1984年，在一个餐馆，他偶尔听见了一句上海话。这句上海话，譬如普鲁斯特的"玛德莱娜蛋糕"，打开了他封存久远的时间胶囊。

他说："我小时候经历了这个星球上最伟大的超现

实景况：战争。你走上街道，一半住宅已成废墟，一辆轿车停在废墟之上……战争充满了超现实的惊奇，充满了超现实主义的画面。当时我已经很清楚，人类文化中的某些东西正在拐一个扭曲得可怕的弯——而作为一个艺术家，一个作家，我想去理解它。"——这个星球上最伟大的超现实景况——上海沦陷，是长篇小说《太阳帝国》所有的来源。

写作之前，巴拉德耗费多年时间与当年集中营难友重新建立联系，收集相关材料。在被问到为何年过五十才开始写作此书时，他表示，必须等三个孩子安然度过青春期之后，才会写作自己艰险的青春期。"为了写这本书，我知道我不得不将青春期阶段的我重新暴露在那些危险面前。当孩子们还在青春期时，他们应该受到保护。"

巴拉德希望能够精确还原当年的遭遇。

书中将父母排除在主人公集中营生涯之外，这一设定并不符合巴拉德的个人经历。他对此的解释是："我仔细想过这一点，但我感觉让吉姆当一个战争孤儿更接近事件的心理学层面和情感层面的真实。"

有观点认为,《太阳帝国》可以解读为弗洛伊德"屏蔽记忆"的文学变异:"从历史角度来说并不总是正确的,但却能承担压抑创伤经验的功能。"即便是书名本身,也含有多个寓意。巴拉德曾对书名给予了有限的解释:"《太阳帝国》确实同时指涉日本帝国和我们在原子弹标志下共同生存的那个帝国或领域:核时代。"

《太阳帝国》中,巴拉德用儿童感官的"高饱和度叙事",把历史悲剧转化为一场充满金属冷光的荒诞的寓言。《太阳帝国》不仅在巴拉德的作品中独树一帜,也是二十世纪描写战争最珍贵的文学标本之一。

美国评论家苏珊·桑塔格说:"我敬仰巴拉德的作品已经很多年。他是当代小说界最重要、最具智慧的声音之一。"

好莱坞导演斯皮尔伯格从巴拉德的文字中,看见了太多的可能性。小说一出版,他便购买了电影版权。

上海,一座流动的盛宴。

巴拉德出生的那一年,"哥伦比亚圈"的地产建筑商,邀著名建筑设计师邬达克在安和寺路(今新华路)

设计21栋别墅。广告语是"在上海拥有一个永恒的家"。这一行文字打动了已为人父的巴拉德父亲。他立即下订,购买了其中的一栋。

巴拉德在自传体小说《太阳帝国》中,回忆在新华路(Amherst Avenue)别墅,听见"收音机里嗡嗡响着蒋介石的抗战讲话,内容却不时被日本啤酒的广告打断"。尽管出行都须接受日本军队哨卡的检查,公共租界依旧充斥着没完没了的聚会、典礼、歌舞、电影,来自英国和美国的水兵们依旧在酒吧厮混。大难临头,醉生梦死。

这天,巴拉德一家穿上体面的服装,驱车虹桥沙逊别墅参加例行派对。

巴拉德溜出舞会,在一个小坡上玩耍滑翔机。滑翔机落到山背后,巴拉德越过山坡,意外发现秘密驻扎在那里的日军。

为了安全,他们全家住进沙逊爵士的华懋饭店。

许多外侨亦如斯。

华懋大厦如一座坚固而奢华的宫殿,战时,七十多名顶尖大厨,依旧提供加利福尼亚桃子、波斯无花果、俄罗斯鱼子酱、德国火腿、意大利奶酪、巴黎鹅肝和澳大利亚黄油,给予侨民无与伦比的慰藉、安全感。

1937年8月14日上午九时许,华懋饭店南京东路的门前,落下一枚1000磅的重磅炸弹,酒店内,水晶吊灯花枝乱颤,巴拉德与父母,目睹了炸弹落地、爆炸、鲜血、尸体——

上海沦陷,华懋饭店承载的大都会生活、黄金岁月、爵士时代成为虚妄。

巴拉德对上海的情感是个体记忆,也是租界移民历史的文学转译。

1987年3月,好莱坞导演斯皮尔伯格带着《太阳帝国》剧组在上海拍摄了21天。一些地方被化妆为上海的1941年——

日本军队在上海街道上列队行进,与中国抵抗力量枪战,用坦克碾轧英国侨民的轿车。外滩街区被关闭,外白渡桥架起铁丝网路障,黄浦江中的快艇挂着太阳旗,数千群众演员穿着民国年间的服装涌上街道……

外滩封桥封路三天,动作很大。之前之后,任何一家电影团队都不曾获得过如此特例。摄制现场令很多年

英国作家、《太阳帝国》作者巴拉德

卡尔登公寓（今长江公寓），

1934年由沙逊洋行所建，每层25套，1935年竣工。由于公寓与卡尔登大戏院较近，所以得名卡尔登公寓。1956年由房管部门接管，由于当时卡尔登大戏院已改名长江剧场，所以卡尔登公寓也更名长江公寓。1987年，好莱坞导演斯皮尔伯格来上海拍摄《太阳帝国》，卡尔登公寓（今长江公寓）在影片里出现了好几秒。张爱玲和姑姑住在301室。

边上有一道消防楼梯，直接通向树木浓密的花园。

电影《太阳帝国》剧照。右二尖顶为华懋饭店（今和平饭店）

长的上海人想起几十年前在相同地点的相同画面。谢晋等一众导演在现场观看了斯皮尔伯格的拍摄。

斯皮尔伯格史诗般的巨制《太阳帝国》，和平饭店是重要的历史场景。《太阳帝国》原著中，主人公吉姆（Jimmy）在日军入侵上海的前夜住在饭店里，他半夜看到黄浦江上的日本军舰通过信号灯在相互联系，调皮的他打开自己的手电也向军舰发送信号，结果招致日军对和平饭店的炮轰。

但遗憾的是，斯皮尔伯格没有获得在和平饭店取景的权限。

斯皮尔伯格只能给和平饭店一个远景。这个镜头，与沙逊爵士当年的照片处在同一角度。大约，斯皮尔伯格想以此向同为犹太血液的沙逊致敬吧！

九十年代初，BBC拍摄关于巴拉德的专题纪录片《上海吉姆》。巴拉德随剧组回到阔别四十多年的上海，完成了一个夙愿。

他童年的生活空间——称为"哥伦比亚圈"的新华路别墅，保存完好。墙皮剥落的租界建筑里，婴儿室蓝色的油漆还留着淡淡的呼吸，那个在日本集中营用科幻故事维持生存的孩子,最终成为书写创伤的"废墟诗人"。

小说中,十一岁的吉姆意外掉队。他虽然脱离了日军的掌握,却还是下意识地一路走回了集中营。很明显,吉姆已经对这座束缚了他许久的集中营产生了心理依赖。在空无一人的集中营,他骑着一辆破旧的自行车,跑遍每一个角落,为久违的自由而欢呼,但始终没有骑到集中营外面去。遇到美军的时候,他高举双手喊着投降,就像曾经对日本军队那样。战争模糊了人们的道德界限。

巴拉德的所有作品都在昭示着一个复调主题:"回归"。

自由的回归,道德的回归,家园的回归。

巴拉德企图寻找童年骑自行车的影子——"我走向一个幻象,并在沿途中想象它是真实的,最后却穿越了它。"

上海是他文学的最初,华懋饭店、邬达克的房子是铸造他文字的灵异。

灵异善于访问人类。薛安伦的祖父做棉纱生意，一路顺风顺水。从一位英国商人手里买下了邬达克的设计——新华别墅17号，西班牙风格的房子，带一个半弧形花园。安伦出生于此。

八十年代，薛安伦去美国，结婚，生子，离婚。她沦陷在比华利山庄的一栋房子里，那是富裕而孤独的岁月。

家里来信，描述了BBC剧组拍摄的情形，安伦这才知道，原来巴拉德曾经是自己的邻居。

木色幽沉，柔黄的壁灯下，她睡去。梦里有一个声音在说："回家，回家。"第二天，安伦就找人来卖房子，装箱子。她就是这样冲动的人。

终于回家。

花园里，那棵老树还在，只是更老了。

母亲把她的箱子搬到二楼，她童年的卧室。

夜里，横竖睡不着，月光照在铸铁镂花窗格上，一朵一朵，在窗纱上移动。她开了灯，下得楼来，煮了咖啡，坐在一个嵌了螺钿的大箱子上。箱子里都是老书，早没人看了，却不舍得扔掉，摆在那里，算是对日子的一个念想。

父亲被惊动。安伦赶紧扶了父亲坐进一张圈椅里。

幼时,放学回家,父亲总坐在这把椅子里,看着院子里的菩提,一直到保姆把晚饭摆上桌子。

"感月吟风多少事,如今老去无成。"

父亲关照一声"早点睡",又上楼去了。

"他们惯坏了我!"安伦道。

门厅的落地钟发出"咔哒咔哒"的机械声,"许是要上弦了。"安伦想。

钟是另一个幸存者。

横竖是无法安寝了,安伦拿起笔,画了一幅大尺寸的油画,取名"邬达克的背影"。画布上,没有章法,却是有浓墨的原始激情横冲直撞,陈年烈酒的咄咄逼人,配上斑驳的老画框尤其好看。

"我看见了邬达克。看见了巴拉德。看见了岁月。"安伦后来说。

新华别墅32号,曾经,瑞典公使府邸。爬山虎包裹了半壁红瓦屋顶,英国乡村的风格,像儿童读本里的插图。一株枇杷老树枝繁叶茂。天上飘着霏霏细雨,台

英国作家巴拉德旧居,斯皮尔伯格拍摄

画家薛安伦住宅，哥伦比亚圈　邬达克作品之一

阶湿漉漉的,一位女子出来,手中拿着两个苹果,洗净了,摆桌上,画素描。

一老妇提了篮子进来,厨房里另一女人高声道:"买这么多小菜呀!"

答:"是呀,小菜越来越贵了,黄瓜四块钱一斤哦!吃不起了呀。"浓浓的世味。

童年,巴拉德常随家里的中国仆人上街买菜,对这样的场景是熟悉的。他上前搭话。他惊异地发现,他居然还可以说几句简单的上海话。

邬达克设计的32号,譬如古董转手,绕来绕去。抗战后,卖给了盛宣怀的五子盛重颐。

出得32号的院子,但见36号的墙头上,苍老的绿荫遮护着苍老的房子,紧闭的铁门内,是邬达克的一盘什锦色拉——

一幢二层圆形建筑,如一个巨型的生日蛋糕,西班牙瓦片,美国现代派玻璃幕墙;内圈客厅,意大利喷泉,地中海廊柱;客厅中心的旋转楼梯如航空港,从这儿出发,可以进出任何一个房间。

这些建筑,是巴拉德童年,也是他小说中的重要物理空间，斯皮尔伯格在影片中，一一复制了这些建筑。

邬达克的命真好，建筑是他手中的一块橡皮泥，爱捏成什么样就什么样，没有人来指手画脚。他设计的国际饭店，曾令维克多·沙逊艳羡；在国际饭店对角建造卡尔登酒店公寓（长江公寓）时，沙逊立志要超越国际饭店，可惜因为战争，搁浅了。直到五十年代，屋顶还堆砌着没来得及使用的建材。

斯皮尔伯格在拍摄电影《太阳帝国》时，特意给予卡尔登公寓一个很长的镜头。

曾经发生，便是永恒。

巴拉德与BBC剧组访问了自己曾住过三年的龙华集中营，回忆当年父母、姐姐床铺的位置；爬上房顶，寻找当年的景物。

在纪录片《上海吉姆》中，巴拉德提到了战争给童年留下的烙印。"纳粹的暴行，在远东，我成长的地方，上海，并没有得到深刻的政治意义上的解读。严重暴行发生了，数百万人丧命，没有真正的解读……我想去解读它——"

这一愿望对巴拉德后来的择业有很大影响。他在谈到学医决定时说:"我希望成为心理医生的愿望是我与陌生的英国生活接轨的尝试之一。它是我与失去的、从某种意义上说留在上海的自我重新建立联系的尝试。"

在晚年的另一部纪录片中,他称上海的生活给了自己"一大套有待解答的问题",并补充说,成为心理医生之后,第一个病人将是自己。

在上海,儿童巴拉德,目击、亲历了战乱、贫病、死亡和人类光怪陆离的欲望,从食物链的顶端突然成为囚徒,其间,充满了现实和超现实的意味,构成了他的写作风格。了解巴拉德的独特经历,对理解他一生作品中诸多令人不适感的场景和情节是有帮助的。

巴拉德的最后作品《生活的奇迹》,与其他众多文章和访谈一样,将超现实主义与精神分析的爱好乃至一生的创作方向,与其上海经历紧密联系起来。《生活的奇迹》另一重要功用,是驱动读者去重新审视《太阳帝国》,通过文本对照阅读,了解《太阳帝国》的文学价值,了解上海文化历史的丰盛。

《太阳帝国》曾入围英国布克奖评选,获得卫报小说奖和詹姆斯·泰特·布莱克纪念奖;在第60届奥斯卡金像奖角逐中,《太阳帝国》获得了艺术指导、摄影、剪辑、原创配乐、服装设计和音效六项提名,但最终败给了贝纳尔多·贝托鲁奇的《末代皇帝》。

上海都会,华懋饭店的地标性,使其当仁不让地成为诸多影像的取镜板。

1936年3月9日,卓别林一行乘坐的"柯立芝总统号"轮缓缓靠岸,卓别林请记者们"当晚六时半往华懋饭店一晤"。卓别林准时赴约,和记者们一起登上华懋饭店五楼,走进A字形房间。

在场的记者们被房间的奢华和富丽所震惊。

"此房布置、陈设,纯为英国风,为华懋当局所赠,或因卓氏为英人也。"《申报》记者如此感慨道。

而卓别林则不断地重复着一句话:"太兴奋!太兴奋了!"

卓别林当年在酒店拍摄的照片一直悬挂在饭店的五楼。

有人说,华懋饭店的每个空间都有传奇故事,每个角落,都充满现实、超现实的镜头感。

1937年,由赵丹、周璇主演的影片《马路天使》在外滩开拍,开启了华懋饭店与百年影业的传奇。

1956年,华懋饭店更名和平饭店。关锦鹏拍摄《阮玲玉》,取景于此。张曼玉,一袭装饰艺术风格旗袍,行走在铜质构件和法国拉利克琉璃吊灯的光影中——这是阮玲玉自杀前的最后一次舞会。中国电影默片时代最伟大女星的绝世风华,被和平饭店衬托出世。

第19届上海国际电影节上,和平饭店被授予"百年电影特别贡献奖"。何以?因为这座大饭店内,居然拍摄过四十多部电影。其中包括《永不消逝的电波》《阮玲玉》《大上海1937》《最后的贵族》《大城小事》《摇啊摇,摇到外婆桥》《听风者》《梅兰芳》等。

八楼的和平厅,英式宫廷风格,六枝巨型水晶吊灯流光溢彩;枫木弹簧地板,令人想起前主人沙逊手持拐杖、做舞会壁花时的落寞。谢晋导演的《最后的贵族》,舞会场景拍摄于此。

大堂与东门之间,有两段楼梯,造型和花纹构造出独特的视觉效果。张艺谋的《摇啊摇,摇到外婆桥》、陈凯歌的《风月》等影片里,均有此镜头。

2008年1月,陈凯歌率《梅兰芳》剧组在饭店取景——镜头扫过酒店位于滇池路的边门，梅老板站在大雪纷飞的场景中。

上海即使下雪也少有大雪。陈凯歌调来十台造雪机，在滇池路上，下了2008年的第一场雪。为了效果，饭店墙壁喷洒了亲水性染料。

此举动引来附近市民的投诉，说剧组破坏保护建筑，可见和平饭店在上海市民心中的分量。

穿过大堂走廊，一扇金属雕花玻璃门框。这扇门是谍战片《听风者》的道具，剧组将它作为礼物留在了饭店。道具门内的茉·莉廊内，每逢周六下午茶时分，聚满了本城的绅士淑女，他们用一杯英国茶，延续着大饭店的传奇。

和平饭店，史上最长的一部电影。

第五章

消逝在国际饭店旋转门

此故事被作家虹影写成小说《上海之死》，新锐导演娄烨据此改编成电影《兰心大戏院》，巩俐、赵又廷主演。

电影简介：一座孤岛，一个孤女，一出好戏。剧中女主角应该是《金陵十三钗》里的墨玉、《惊情四百年》里的莫妮卡·贝鲁奇、《青蛇》里的张曼玉……然而，最后的最后，编、导、演，谁都没能跳好这支上海狐步舞。

1. 绍兴路5号门前的刺杀

富家子弟朱兆和，家住法租界绍兴路，七栋西班牙风格的建筑，四个网球场，划出一条大弧形，半条绍兴路都在里面了。

朱兆和随父母住在主楼。门牌：绍兴路5号。

朱家好客。每逢感恩节、圣诞节、复活节，便在园子里举办盛大宴会；素日里，家庭成员亦是编排各种名目，邀沪上绅士名媛，享受午茶派对。中国的第一支爵士乐队就诞生在这里。

朱家设有一间巴洛克的天主小教堂，每周礼拜后，安排自助餐。

平祖仁祖籍浙江绍兴，毕业于东吴大学法学院，著名的"校草"。可惜，他的照片悉数毁灭在上世纪六十年代。

八一三淞沪抗战后，平祖仁担任第三战区行政督察专员，兼任江苏省驻沪办事处主任，陆军少将军衔，由第三战区司令长官顾祝同直接领导。他居住在法租界福开森路218号，与周佛海府邸一墙之隔。战区秘密电台分别设在绍兴路5号朱家、豪门少爷邵洵美家。

常日里，平祖仁一套华达呢白色三件套，一辆派克汽车，配备防弹玻璃和三名司机。为获取情报，他出入租界、华界、汪伪政权、咖啡厅、跳舞厅、跑马厅，颇具雅痞之风。

经好友介绍,与影剧双栖明星英茵相识。

英茵在兰心大戏院演出《赛金花》,平祖仁夜夜到场捧角。英茵当然知道平祖仁的身份,一见钟情,一腔热血,没有犹豫,用明星的斑斓翅膀,为平祖仁的隐秘工作作掩护。

平祖仁的夫人毕业于金陵女大。征得贤妻同意后,平祖仁与英茵做成谍报鸳鸯。

英茵旗人血液,一腔孤勇。她对平祖仁夫人剖白:深爱其人,至死不渝,愿委身为妾,终身不育。

平太太遂接纳英茵为家人。

他们选中朱家做联络点。

1941年1月的第一个星期日,朱兆和去吕班路(今重庆南路)伯多禄堂做九点钟弥撒。他出得大门,走下石阶,见平祖仁的蓝灰色汽车从金神父路(今瑞金二路)方向驶来。

他们彼此扬手问候。

忽地一阵寒气,但见两名刺客,从对面金谷村弄堂冲将过来,对着平祖仁一阵乱枪,恰如电影里的暗杀场面。

平祖仁子弹般蹦出车门,用"之"字形向西飞奔,棕色人字呢大衣敞开着,下摆在速度中飞扬起来,如同大雁的翅膀。

朱兆和看得分明,两名刺客,一穿棕色皮夹克,一穿灰色中式短袄。

忽然,枪声停了。

寂静中,朱兆和嗅到了死亡的气息。

他闭上眼睛,默念祷告词,腿却不住地哆嗦。

恰一辆三轮车过来,朱兆和跳将上去。

他关照车夫绕了一圈路,然后去了干妈家。

坐在干妈客厅的钢琴前,惊魂甫定。

草草,干妈家用了午膳。

父亲朱季琳打电话命他即刻回家。

回得家中,见平祖仁和法国捕房的 Valantin 在沙发里谈话。

平祖仁风轻云淡道:"他们派遣蹩脚货枪手,我穿来穿去他们打不准,我穿过网球场,看到中华学艺社大门开着(绍兴路7号,曾为上海文艺出版社),一头冲进去，沿着大理石楼梯，去了楼顶。两个枪手站在门前踟蹰了一会儿，朝亚尔培路方向去了。法国警察俱乐部就在隔壁（今上海昆剧院），他们不敢造次。"

朱兆和道："平叔叔，侬本事真大，佩服侬。"

平祖仁笑道："死里逃生呀。"

说着，拿起大衣，但见三个枪眼分布在右下摆和左边口袋上。

2. 做自己生命的导演

1941年3月29日，平祖仁在家中举办生日宴。

在院子里抽烟的司机见有可疑人士，便立即大声报警。

几个机敏的客人，推倒了周佛海家的院篱笆，四下散去。

平祖仁夫妇被巡捕拦截。

闻讯后，英茵多方营救。

她曾对绍兴路5号朱家女主人说，要去探望平祖仁。

李士群以为平祖仁既为第三战区的经济特派员，手中一定掌握大批资金及物资，所以开口要他四十万美金。平祖仁自道并不管钱。至于采购的物资，自他被捕，当已移转别处。

但李士群不信。

对生命的大限，羁押者常能预知。1942年1月8日早晨，平祖仁与夫人在监禁的洗衣池边见面。

平祖仁道："有不祥之兆啊，一会儿牙刷断了，一会儿热水瓶爆裂了。"

通常，行刑前，监狱会指派一名哑巴去挖坟穴。哑巴事毕回来，会咿咿呀呀地作手势示意，将死的是一个还是两个，或者更多。

这天哑巴掘穴归来，报告有一个人将被处决；竟是平祖仁。

平祖仁被押往法场。

平太太在羁押期间诞下一女，名平卫椿。

第二天，76号释放了平太太，并允许收尸。

葬礼上，英茵与平太太一起披麻戴孝。

为感谢合众电影公司演职员在安葬平祖仁一事上的相助，英茵在家中摆了一桌酒。席间，她用手指摩挲着红酒杯沿,念台词一般道:"都说好死不如赖活着。依我看,人死万事清静,不必再受精神之苦。"

1942年1月19日,日本入侵缅甸。《申报》记者特地去英茵的公寓探访。

英茵住在辣斐德路(今复兴中路)黑石公寓隔壁的克莱门公寓。

她刚出院,所以就拿了病历卡给记者看。

她道:"身体很不好,需要继续休息,医生关照吃中药呢!"说着,拿出中药处方放在桌上。

她送记者到楼下,冬日的阳光下,她的脸上敷了一层淡淡的哀伤。

下午,英茵在祁齐路(今岳阳路)拐至霞飞路(今淮海中路),进入伟达饭店。

出狱后,平太太和子女暂住此处。

英茵对平太太道:带好孩子,好好活下去。

国际饭店,亦是匈牙利建筑师邬达克的设计。一个充满远东大都会传说的地方。

民国时期的上海,唯一可以与维克多·沙逊的华懋饭店争锋的便是国际饭店了。

1936年，米高梅电影公司在上海拍摄纪录片，第一个镜头，便是好莱坞华裔明星黄柳霜下车，上台阶，隐身于国际饭店旋转门——

电影明星白鹭，高跟鞋，墨镜，匆匆赶来赴约。铰链电梯，电梯的门开着，电梯厢还没有到，白鹭没留神，一脚跨进去，一个美丽的女子便这样坠落了下去，成了轰动一时的悲剧新闻。

宋氏三姐妹亦是这里的常客。宋美龄在国际饭店接通了中国的第一通国际长途电话。

永安百货的郭家四小姐郭婉莹，国民党四大元老张静江家的千金张菁英等名媛，在此举办时尚沙龙，两位"上海公主"，模仿时尚女魔头可可·香奈儿的范儿，一手端着WEDGWOOD咖啡杯，一手掐着进口烟卷，构成了上海摩登的一部分。

传奇收藏家张伯驹则是这栋建筑的大股东——

那天，英茵在卡尔登戏院结束排练，径直来到戏院对面的国际饭店。

当晚九点，入住上海国际饭店10楼708房间。

国际饭店旋转门

• ━━━ •

1930年5月,
四行储蓄会（大陆、盐业、中南、金城等4家银行）以45万两白银购进位于上海市中心跑马厅对面的派克路上二亩七分多的一块地皮。由于当时在上海市中心投资房地产已经成为热门,经过商讨后,四行储蓄会决定在这块地皮上建造办公楼,而且要建成亚洲第一高楼,以展示四行储蓄会雄厚的经济实力,从而吸引更多人投资。这栋建筑由匈牙利籍建筑师邬达克负责建筑设计。

《申报》有关英茵与平祖仁的报道

根据英茵的故事改编的电视剧剧照

笔者在国际饭店讲英茵,讲上海谍战

英茵关照:"不要按铃,不要来打扰我。"

那时节,印度公主苏迈莉也居住在国际饭店,并为自己的俄国秘书举办了一场生日派对。

服务生巡视客房。叩门询问:"小姐,是否要用晚饭?"

英茵生硬道:"关照过的,不要打搅。再打门,我也是不理你的。"

服务员自顾晚餐去了。

吃罢晚饭回来,服务生心中对这位女客心存疑虑,便又敲门,无人应门。服务生贴在门上,听见里面有呻吟,恐生意外,果断报警。

大约零点三十分,巡捕房探员撬开房门,但见英茵躺在床上,口中满是白色液体。一旁玻璃杯里,散发出粉红色的蜜香,那是鸦片、烈酒、安眠药混合以后的特殊味道。

巡捕房警员把英茵送进附近的宝隆医院,将她放在走廊排队候诊。这时已是凌晨。有位护士在担架床上认出了英茵,找了多家电影公司,才确认她是"大成"的演员。英茵这才被转到二等病房,灌肠抢救。

导演屠光启先生回忆道：

"——于半夜通知徐家汇片场，时值日本人在深夜戒严，我正在拍戏，幸好我当时有宵禁派司，但是没有车，步行至卡尔登戏院后街之宝隆医院，问起经过，路上花了一个小时，在医院的地下室中找到了英茵。我们身上一共只有400元，送了包打听300，所剩无几；头等病房先要缴500元，三等也要200元，一文不能少。我们愿意把三件大衣押给医院也不行！最后，找到了公司里的会计，保证今天上午一定把钱送到，英茵才住进病院。抢救的最佳时间已过——"

《申报》记者再次赶到医院，英茵中毒太深，指甲变成了紫黑色。

英茵的生命延宕到20日凌晨三时，终于拗不过死神，去了彼岸。时年二十五岁。

英茵死的样子，一如曹禺先生的话剧《日出》。剧中女主角陈白露最后的台词是："太阳升起来了，黑暗留在后面。但是太阳不是我们的，我们要睡了。"

英茵留有一封遗书致合众电影公司的陆洁。

遗书写得非常晦涩——

"陆先生：

我因为……

不能不来个总休息，我存在您处的两万元，作为我的医药葬费，我想可能够了。"

她遗书中的"因为……"，在1946年春有了答案。

英茵的谍报人员身份已被日伪发现，至少有七件重大谍报案涉及英茵。其中五件是她乔装舞女或妓女，诱骗日伪人员到预定秘密地点予以处决。

"因为……"就是担心日本人找麻烦，故意省略。

陆洁警觉，看完遗书立即烧成了灰。

坊间还有另一种说法：平祖仁被捕后，英茵求助伪江苏教育厅长袁殊营救。袁殊为多面间谍。袁殊追求英茵已久，自言能救平祖仁出狱，不过要英茵嫁给他。英茵救人心切，遂不惜委身袁某。然平祖仁仍被枪决。英茵既痛惜爱人惨死，又羞愤失身，便以自杀以示清白。

第三种说法：她并不想死。她准备隐居。

正当英茵收拾行装启程离沪时，李士群居高临下，如处理手中一只小鸟儿一般道："还是待在这里舒心，何必想不开呢？"

英茵知道身份已暴露，恐惧被捕，忍受酷刑，便以自杀保全气节。

英茵在为平祖仁买墓地时，也为自己购置了一方墓穴。

英茵死后，人们按照她的遗愿，将她埋葬在平祖仁身边。

谍海情鸳，生不同衾，死后同穴。

情愿他们是孔雀东南飞，情愿他们是梁山伯祝英台，化蝶翻飞。

英茵死后，报纸曾以"殉情"为题大肆宣传。

至暗时刻，少有人知道内幕，所以人们就信了。

著名导演费穆表示异议："用自己的手，杀害自己，也够悲壮……她是孤苦伶仃的女子，奋斗一生，得到了这样的成就，我们何忍再说她为恋爱而死呢？"

沦陷时期，在上海收集、保护文物的郑振铎先生，以这样一段话作为《记平祖仁与英茵》的结尾：

"这一出真实的悲剧，可以写成伟大的戏曲或叙事诗，我却只是这样潦草的画出一个糊涂的轮廓。渲染和描写的工作是有待于将来的小说家、戏剧家或诗人的。

故事太真实了,时间太接近了,人物太熟悉了,有时反不易有想象的描绘。"

那天在电视台的化妆间,坐在电影艺术家秦怡老师身边。

忍不住问英茵的过往。

在重庆,秦怡和英茵同住一间宿舍。

英茵的生活西化,早餐咖啡吐司水煮蛋,讲究行头,周身珠翠。

秦怡最初对英茵的做派很不以为然。

英茵却把秦怡当作妹妹,处处给予关照。

那时大家都穷,女孩子有一件阴丹士林布的旗袍就很知足了,晚上换下来,洗净,第二天,等不及干,又穿上身了。唯独英茵,行头繁多。

英茵慷慨,有了钱,便请大家吃饭,或者送一些生活用品给其他的女演员。

有段时间,传出英茵同上海粤菜馆美心酒家老板相恋。

老板的夫人不吵不闹,婉约地给英茵写了一封信,只道英茵善解人意,女流中的竹梅,恳请念在两个孩子的分上，割舍放手。

读罢此信，英茵泪流满面。

夜，集体宿舍，熄灯后，英茵倚在床上，一支一支的烟抽下去。秦怡担心她的健康，便劝："别抽了，睡吧。"

英茵以为自己的烟味呛了别人，赶紧起身，披了衣衫，站在廊下——

英茵，演起戏来，仿若灵魂附体。彼时，可与其争锋的，唯有舒绣文。

她主演曹禺先生话剧《北京人》中的曾思懿，口碑胜过话剧皇帝石挥饰演的秋海棠。

1941年，流亡上海的奥地利犹太导演弗莱克夫妇，在众多明星中挑选英茵作为电影《世界儿女》主演，看中的便是她不俗的演技。

与英茵一起拍片，秦怡学到许多表演方法。不久，英茵不辞而别，从重庆飞抵香港，继而到上海。

一时间英茵成为桃色人物，报界竭力渲染她为情私奔的绯闻。接下来的情节，便是与平祖仁接续了。

平太太满身缟素，抱着女儿去英茵处"托孤"。她决定殉节。

她道:"祖仁不明不白地死得太冤枉了!我不能让他白死;我要抗议。"

英茵沉吟片刻答:"你死也是白死!多少爱国志士,无声无息地被害了;要等将来抗战胜利,才有被表扬的机会。祖仁的情况又不同,跟地下组织并没有直接联系,所以死了也没有人知道。你的抗议没有用,一点用处都没有!大上海有这么多人,女人为了家庭纠纷、爱情失败,或者受了其他委屈,每天自杀的不知道多少!你死了不会有人注意,不会有人知道你是平祖仁的太太,为了祖仁殉难而殉节。"

平太太流泪道:"那末,祖仁就这样死了都没有人知道他为什么而死?祖仁常说,死要死得轰轰烈烈;谁知道是这么样的窝窝囊囊!"

英茵道:"我在想,你死不如我死。"

平太太诧异:"你——死?为什么?"

那神情,好似英茵没有资格为平祖仁殉情。

英茵不想争辩,她道:"孩子不能没有娘,而且我也没有带孩子的经验。所以为了保有祖仁的骨血,你不能死!"

提到孩子,平太太必死的意志动摇了,低首啜泣。

"现在再回答你的问题:我为什么死?道理很简单,我有许多观众;我之死,会造成很大的社会新闻,大家会问,英茵为什么自杀?当然就会把我跟祖仁的关系挖出来;连带也就把祖仁殉难的事迹流传出去。这样一来,祖仁不就流芳百世了吗?"

如此用心!平太太未语凝噎。

"你别哭!我还有话说。这好像是一出新《赵氏孤儿》,你一定要坚强地活下去;把祖仁的孩子带大!"

英茵还怕自己的意思不够明白,又加了一句:"你不必守节,但一定要抚孤。"

(诗人、出版家邵洵美的夫人盛佩玉说,邵洵美也曾在经济上帮助过平太太)

那段日子,英茵正在合众公司拍屠光启导演的一部戏。按时到达片场,角色拿捏到位,谁也看不出她心中的乾坤。只觉得她的兴致特别好,经常邀约圈内外的同事、朋友,去她公寓小饮。

素日,演员唐纳对英茵颇为爱护。

英茵《电影生活》杂志封面照

英茵主演《世界儿女》《肉》

英茵主演电影《返魂香》报纸广告

克莱门公寓(茅文蓉 摄)

英茵旧居——克莱门公寓（茅文蓉 摄）

一天，无端收到了四份报纸。

第二天亦如此。

家里从来不订报的。唐纳不免纳闷，便守候报童问个究竟。

"这报是怎么回事？我并没有订阅过呀。"

"有位小姐来订的，报费付过了。"报童答。

"这位小姐是谁？"

"不知道。"

"怪事。"唐纳咕哝着，便也不做深究。

又隔了两日，晨起看报，社会新闻头条特大号标题赫然在目："影剧双栖红星英茵，服毒自杀。"

新闻内容：英茵在国际饭店吞服了一大碗高粱酒加生鸦片；由老闸捕房转送宝隆医院急救，尚未脱险。唐纳这时才恍然，这四份报纸必是英茵替他订的，只为让他知道她的事件。

唐纳急急赶到宝隆医院。

但见屠光启与合众公司的职员们，双眼红肿地守在病房外面。

"恐怕很难了！"屠光启带着哭声道。

英茵终于"总休息"了。

但"因为"什么呢？

她的朋友、影迷、媒体四下刺探。

于是她为平祖仁殉情、而平祖仁殉国的事迹便在人群中传播开来。

英茵成功导演了一部悲壮的生命正剧。

2月24日，英茵下葬。

新华电影公司拍摄了纪录片。

28日，遗作《肉》在大上海电影院播映，日夜三场，并加映治丧新闻纪录片。

订票电话：九三三二二

经过复兴中路（辣斐德路），驻足克莱门公寓，露台上，几件衣衫在风中摇曳，天色一点点暗下去，掌灯时刻，对面交响音乐厅，飘来丝弦，一再流连，多看几眼，再看几眼——

上世纪四十年代末，张爱玲母亲黄逸梵最后一次回上海，下榻国际饭店。张爱玲住在距离酒店十米处的卡尔登公寓（长江公寓），也是维克多·沙逊的产业。张爱玲走进国际饭店旋转门，与母亲见面。母亲建议张爱玲随她去英国,张爱玲拒绝了。母亲在上海延宕许久,终没有等来女儿回转心意,便又打点行李细软离去。至此,成为永恒的告别。

一直在想,这则故事如果由张爱玲小姐来写,会不会更甚于《色·戒》呢?

(本文感谢平祖仁儿子平德成、作家宋路霞、已故电影艺术家秦怡)

第六章

烟雾迷蒙了眼睛

——陆小曼的罪与罚

作家陈丹燕这样描绘和平饭店:"维也纳来的咖啡,纽约来的黑色丝袜,巴黎来的香水,彼得堡来的白俄公主,德国来的照相机,葡萄牙来的雪利酒,全部来陪衬一个欧洲人在上海发迹的故事。还有那个时代的名人,美国的马歇尔将军,美国的司徒雷登大使,法国的萧伯纳,美国的卓别林,中国的宋庆龄,中国的鲁迅,他们从黄铜的旋转门外转了进来,走在吸去了所有声音的红色地毯上。"

长长的甬道,安静的,温暖的,被黄色的青铜壁灯照亮的,两边的房间门总是紧闭着,要是你站在长长的甬道尽头,看着灯下的门,也许你会想到,当门打开的时候,走出来的是上世纪三十年代的人,女人穿着后面有一根袜筋的玻璃丝袜,男人抽着那个年代时髦的埃及香烟。

陆小曼人生中的唯一一部小说《皇家饭店》,亦取景和平饭店。

开场,她如此描绘:

"皇家饭店是一个最贵族化的旅馆,附有跳舞厅,去的外宾特别多,中国人只是些显宦富商而已。"

陆小曼在上海的前期,是酒店、舞厅、舞台上耀眼的名媛。

法国哲学家波伏娃在《第二性》中说,女人不是天生的,是被造就的。

有些女性,是花束,是美丽的鸟儿;有些女性是博物馆,是校长;还有些女性,难以归类,是一道没有标准答案的数学题。

陆小曼属于哪一类?

"她是一道不可不看的风景。"

胡适先生的这句话,成为陆小曼的标签。

1. 前情

诗人徐志摩，在德国柏林轰轰烈烈地与原配张幼仪离婚了；王庚和陆小曼在酒局中很绅士淑女地分手了。

为了爱情，陆小曼秘密堕胎。

孩子是她与王庚的。

从此落下致命的后遗症。

女人为了爱，是把性命也贴上去的。

如萧红，如庐隐。

1926年10月，几度风雨，徐志摩和陆小曼终于大婚。他们跃入爱河，以蜜度日。是林妹妹和贾宝玉，是天宝年间的唐玄宗和杨贵妃——男的废了耕，女的废了织——不知人间有汉。一个唤"眉"，一个唤"摩"，一个才挑起一筷子小菜，一个忙不迭用手掌接着道："乖，仔细烫了"；一个道："冷"，一个赶紧地把身子做成了炭盆子——满屏的糖罐。

2. 风景，烟榻，巨婴，撕裂

1926年末，徐志摩、陆小曼移居上海。

彼时上海，太阳刚刚下了地平线，爵士乐中，暮霭给外白渡桥镶了一道金边，电车驶过，绽放出几朵碧绿的火花。上海已然是摩登的国际大都会——世界第五大城市，中国最大的通商口岸，一个国际传奇，号称"东方巴黎"，一座与传统中国其他地区截然不同的充满现代魅力的世界。在西方，关于上海的论述已经很多了，而大量的"通俗文学"又向其传奇形象馈赠了暧昧的遗产。

LIGHT，HEAT，POWER——著名作家茅盾将这座城市称为"一个中国的罗曼史"。

这座城市的混血文化，为审美的多样性提供了诸多生动的样本。就读法国中学、熟读法国文学且居住在法租界的陆小曼，在世界主义背景的上海，获得了实现个人风格的最大可能。

姣好容貌是一种武器，一面旗帜，一种防御，一封推荐信。说一位女子有法国女人的气质，大约是一种普遍性的恭维。此名词作形容词的用法，包含世人长久以来对女人的多重审美认同。那是混合了自信、随性、雍容、浪漫、疯狂以及不费力的时尚在内的一种复合式气质。

陆小曼如斯。

1926年至1932年，上海小报多达七百多种。小报大批量的生意是"名流消费"。无论城头变幻大王旗，无论战争还是沦陷，小报仍是市民的精神菜篮子。张爱玲母亲热衷张恨水、老舍，也喜小报。家里盥洗室，堆满各类小报供母亲如厕时阅读。张爱玲在《我看苏青》里说："今天的一份小报还是照常送来的，拿在手里，有一种奇异的感觉，是亲切，伤恸。就着烛光，吃力地读着，什么郎什么翁，用我们熟悉的语调说着俏皮话，关于大饼，白报纸，暴发户，慨叹着回忆到从前，三块钱叫堂差的黄金时代。这一切，在着的时候也不曾为我所有，可是眼看它毁坏，还是难过的——对于千千万万的城里人，别的也没有什么了呀！"

甫一进上海，陆小曼便领受了"交际界名媛领袖"的名衔，成为小报追捧窥视的对象，她常常与孟小冬、张织云、宋美龄、富春楼老六、唐瑛、胡蝶、阮玲玉出现在同一尺码的版面上，不乏惊悚煽情之情节、之修辞——所谓顶流或者网红。

一晚，头号交际明星唐瑛去看陆小曼演戏。记者先是在唐瑛的包厢打转,越过唐瑛的肩头,观望台上的陆小曼,又用余光捕捉唐瑛的神情,如此这般,一来一去,为两位名媛编制了一台戏码。

《良友》画报封面,陆小曼皮毛大衣、手持绣扇云遮月,颇似唐瑛出演王尔德《少奶奶的扇子》之造型,被看客视为与唐瑛一争高低。名媛、明星们彼此辉映彼此竞争,引发媒体与大众的无穷动,即便今日亦如斯。

戏台和流媒体,互为陆小曼的舞台。

很快,陆小曼成为大都会舞台上的一位名角,一位话题女王,她享受着,也被消遣着,连同她的隐私。

徐志摩、陆小曼合体首次现身上海社交圈,著名报人周瘦鹃便发表一文《花间雅宴记》,日本画家桥本即兴为徐陆伉俪速写。

1927年6月6日,《上海画报》刊登陆小曼大幅照片,图示:

"陆小曼女士(徐志摩君之夫人)"。

照片中,陆小曼双手托腮,鬓间一朵牡丹,北地胭脂的典雅和妩媚,令人联想张恨水《啼笑因缘》里的女色。

与徐志摩婚后,杭州一游

北方交際界名媛領袖陸小曼女士

陆小曼　刊于1927年7月15日《上海画报》第253期

《上海画报》上的徐志摩、陆小曼，始终打造其金童玉女、天造地设的美好形象。

6月9日的《陆小曼青衣》，描述陆小曼"天赋珠喉，学艳秋有酷似处"。是晚，徐志摩也在台上，勉强也勉励也略显几分不和谐，但是为了爱，他出卖了自己。

7月15日，陆小曼照片标题为："北方交际界名媛领袖陆小曼女士"；8月3日，陆小曼照片又上头条，刊出了她出演《思凡》《汾河湾》的剧照，文章称其才貌双全，热心公益，带病登台；8月7日，整版报道了徐志摩陆小曼以及唐瑛等社交名流盛装出席云裳公司开幕之新闻。

陆小曼犹如一朵烟火，任性绽放在传媒的输送线上。她似乎十分享受外界的投射和解读。

在上海的最初两年，她成为最为璀璨和耀眼的名女人，风头甚至盖过了阮玲玉、胡蝶等顶格明星。

陆小曼在失控的人生路上狂奔。

1927年12月6、7日两天，义演中，陆小曼演《玉堂春》里的苏三，翁瑞午演王金龙，徐志摩和江小鹣亦同台扮戏。

不是所有的媒体都是善良的。

1927年12月17日,《福尔摩斯》刊出《伍大姐按摩得腻友》一文,对徐、陆大加嘲讽挖苦。

文中写道:"诗哲余心麻,和交际明星伍大姐的结合,一对新人物,两件旧家生。原来心麻未娶大姐以前,早有一位夫人——后来心麻到法国,就把她休弃。

心麻回来,便在交际场中,认识了伍大姐,伍大姐果然生得又娇小,又曼妙。不过她遇见心麻以前,早已和一位雄赳赳的军官,一度结合过了。

大姐整日价多愁多病似的,睡在寓里纳闷。后来有人介绍一位按摩家,叫做洪祥甲的,替她按摩。祥甲吩咐大姐躺在沙发里,大姐只穿蝉翼轻纱的衫裤,姿态十分动人。"

此文粗俗、淫秽,以"伍大姐""诗哲余心麻""洪祥甲",分别影射、玩味、讥讽陆小曼、徐志摩、翁瑞午等人。

另一份《小日报》积极跟进,横里杀出,在《陆小曼二次现色相》一文中,用戏谑、调侃将假名——坐实。陆、徐被逼入壁角,无所回避,诉诸法律。

一方是小报,一方是名人,一时满城风雨。

法院三次开庭,控辩双方唇枪舌剑。

隐私被晾晒在晴朗朗的天际之下。

陆小曼行事极端,从不循规蹈矩。她与男性的种种,从来没有觉得不齿或不堪,一如法国著名女演员阿佳妮。她比人们想得更简单;她过于自信,高估了上海市民的道德承受力。他们败诉。

陆小曼的策略是无视流言,依然故我。

《上海画报》仍不断刊出其大幅玉照,一会儿"戏装",一会儿"旗装",维持其"风流儒雅"的名媛典范。

不堪的是徐志摩。

他在1927年12月27日的日记中这样写道:

"我想在冬至节独自到一个偏僻的教堂里去听几支圣诞的和歌,但我却穿上了臃肿的袍服上舞台去串演不自在的'腐'戏。我想在霜浓月淡的冬夜独自写几行从性灵暖处来的诗句,但却跟着到涂蜡的跳舞厅去艳羡仕女们发金光的鞋袜。"

这场官司,为徐志摩和陆小曼喧闹的婚姻爱情画了一道弧线。

阴影在诗人心中最深暗的底处滋长,固有的阶层的尊严折磨着徐志摩,他惘惘地意识到,陆小曼的爱好是危险的;与她有关的所有微妙的事情都是危险。他的知识分子的本质排斥着这些,他开始捍卫个人生活的边界,拒绝外界的刺探和分享;他更试图解救陆小曼。

诗人救美。

徐志摩给陆小曼开出的药方是:研习传统字画,戒除鸦片和社会闲杂人员。

为此,徐志摩甘愿做小童,伺候陆小曼笔墨。常常是,徐志摩布置了文房四宝,研得了陈墨,哄得小曼起床梳洗,扶得她来到案几,才几笔,几个字,小曼便捧着心口、娇嗔着头晕,复回榻上。

这边厢的徐志摩亦只能看着"林妹妹"如此这般了。

一管鸦片,华灯初上,陆小曼如夜蝴蝶,一闪,钻进魔都的舞场、戏院,不见了。

面对陆小曼的公主病、巨婴症,兼之庞大的家庭开支,徐志摩身心疲惫。

徐志摩决定离开上海，去北平，把陆小曼从那些不甚健康的生活方式里拽出来。

陆小曼拒绝了徐志摩的建议。

悲剧和反常往往隐藏在常态之中。

徐志摩只能南北两地奔波。

1931年6月11日徐志摩回到北平，连续写了几封信给妻子。陆小曼仅回一信：

"顷接信，袍子是娘亲手放于箱中，在最上面，想是又被人偷去了。家中是都已寻到一件也没有。你也须察看一下问一问才是，不要只说家中人乱，须知你比谁都乱呢。现在家中也没有什么衣服了，你东放两件西放两件，你还是自己记记清，不要到时来怪旁人。我是自幼不会理家的，家里也一向没有干净过，可是倒也不见得怎样住不惯。像我这样的太太要能同胡太太那样料理老爷恐怕有些难吧，天下实在很难有完美的事呢。

玉器少带两件也好，你看着办吧。

既无钱回家何必拼命呢，飞机还是不坐为好。北京人多朋友多玩处多，当然爱住，上海房子小又乱地方又下流，人又不可取，还有何可留恋呢！来去请便吧，浊地本留不得雅士,夫复何言!"

信中"胡太太"指胡适的夫人。时,徐志摩住在胡适家中,故有此语。

信中,陆小曼依旧任性、不谙世事,言语间充满锋利的小飞刀。

他们的婚姻,一如鲁迅《伤逝》;亦可借用张爱玲小说《五四遗事》。《五四遗事》的主人公罗文韬背叛旧家庭旧婚姻,抗争数十年,身体力行,不愧新青年楷模,最后,日子磨损了激情,日常淹没了理想。

初始,徐、陆婚姻,在拥趸"五四"诸公的高调中笑傲江湖;如今,在婚姻的城池中无法突围,跌跌撞撞,彼此挥刀厮杀,血肉模糊;江冬秀如何?朱安如何?白流苏如何?葛微龙如何?

生在这世上,没有一样感情不是千疮百孔的。

1931年11月19日,徐志摩空难。

张爱玲说:"死生契阔——与子相悦,执子之手,与子偕老是一首最悲哀的诗……生与死与离别,都是大事,不由我们支配的。比起外界的力量,我们人是多么小,多么小!可是我们偏要说:'我永远和你在一起,我们一生一世都别离开'——好像我们自己做得了主似的。"

陆小曼接此噩耗,仿佛下楼的时候踏空了一级,心一直往下坠,坠入万劫不复的深渊。

舆论几乎都指向了陆小曼。

她没有杀徐志摩,徐志摩因她而死。

3. 花容失色,忏悔,救赎

1925年6月28日,热恋中的陆小曼曾在日记中写:"因为没有气力,所以耽在床上看完一本 *The Painted Veil*(英国作家威廉·萨默塞特·毛姆小说《面纱》),看得我心酸万分;虽然我知道我也许不会像书里的女人那样惨的。书中的主角为了爱,从千辛万苦中奋斗,才达到目的;可是欢聚了没有多少日子男的就死了,留下她孤零零的跟着老父苦度残年。摩!你想人间真有那么残忍的事么?我不知道为什么要为故人担忧,平空哭了半天,哭得我至今心里还是一阵阵的隐隐作痛呢!想起你更叫我发抖,但愿不幸的事不要寻到我们头上来……"

陆小曼读《面纱》,竟一语成谶。

诗人邵洵美也匆匆赶赴罹难现场。

回转来，对夫人盛佩玉道："太惨了，志摩的指甲里全是泥，落下来的那一刻，他还活着，挣扎过——"

失事现场送来了徐志摩的遗物——一幅陆小曼的山水画长卷。画作时间为1931年春天。

夏天，徐志摩带着画卷北上，请各界名流题跋。邓以蛰、胡适、杨铨、贺天健、梁鼎铭、陈蝶野等纷纷应和。

1931年11月19日，徐志摩再次将此画搁置在行囊里，准备到北平后继续请名家加题。

这是物证。证明徐志摩对陆小曼的殷切期待和深刻厚重的爱意。

匆匆，冷月，离魂，永诀。

2023年的夏日，笔者在陆小曼侄孙邱权先生家的案前，见到陆小曼的真迹，见到徐志摩的日记本，见到胡适先生的题跋，不觉用手掌隔空摩挲良久，直如《红楼梦》第九十七回，黛玉瞧见诗本子，心头一紧，悸动得皮肤起了一层细密的疹子。

徐志摩死后,陆小曼将心碎做成了每日念佛的功课。

她颓唐在二楼客厅,那间曾经夜夜笙歌的空间。

历劫之物,太重,无法承载。

陆小曼冷漠地应对前来安抚的人们,甚至还掺杂着怨恨。

归根到底,她是对自己憎恶,对一个自甘沉沦的女性的憎恶;她的智识,同她实际生活背离太远;心灵的积垢、灵魂的卑微,令她触目心惊,她都不敢与自己相认了。

一条鲜活的生命的陨落终于使她意识到,她过度地使用了,或者滥用了徐志摩对她的挚爱。

她醒了。

她改变了身段。

她订出一些日常必须遵守的规则,例如写日记,继续研习字画,收集徐志摩的文稿,筹备编辑出版《徐志摩全集》;不再演戏,不再跳舞,不再出入社交场,开始一种徐志摩希冀的健康生活;她把徐志摩的照片挂在最醒目的位置,日日供奉香花;她在徐志摩的注视下,"翻开新的一页"。

在给友人的信中,她除了陈述病况、痛苦、经济拮据外,末尾,必得表示修身养性、忏悔、重生的决心。

颠覆固化的习性是艰难的。

每次振作后,便又顺着俗世的诱惑,滑入尘埃,往往比以前陷得更深——就这样,她一壁打扫灵魂、振作精神,一壁舔舐痛苦、依旧故我。所谓挣扎、祈祷、忏悔、奋起、再思过,如此周而复始。

钟情的目光总是出现得太迟而可爱的东西又总是稍纵即逝永远错过。

这一时期,小报中出现的陆小曼,画风大变。

诸如——"陆小曼判若两人""干瘪了的陆小曼"等等。

画家唐云去探望陆小曼,对陆小曼的"干瘪"很是欣慰,因为陆小曼开始戒除鸦片了。

1935年,陆小曼与赵家璧一起编纂了《徐志摩全集》;1936年,出版了《爱眉小札》;1939年起,发表了多篇散文和现代诗;1941年,与翁瑞午一起举办了画展,"在乱世苟安之中,别有一种悲壮的意味";1947年出版了《志摩日记》;同年,发表了短篇小说《皇家饭店》。

她用时代女性的标准,重画妆容。

4. 复活,另一个舞台

所谓凤凰涅槃,便是趟过火海、趟过炼狱,灵魂过铁。

1949年,改朝换代。

新的政权,给了陆小曼一个不同意味的舞台。

她参加了新中国第一次全国画展、第二次全国画展;成为中国画院专业画师、上海美术家协会会员、上海文史馆馆员、全国美协"三八红旗手"、上海市人民政府参事室参事。

创作、翻译、编撰,曾经被怠惰遮蔽的才华,根深叶茂,花开满枝。

她似乎洗了一个澡,清除了雾数、阴霾。

她离开病榻,离开烟床,离开巨婴的荒诞,重新回到生命的舞台,依旧是旦角,是大青衣,只是灵魂的颜色不一样了。

一日,晚辈邱权去探视。

陆小曼正在抄录毛泽东先生的诗词《七律·长征》。

她命邱权一旁磨墨。无论邱权如何使劲,她都觉得墨色不够浓重。

玲珑的身姿在镜子前嫣然一晃;她听见了自己心跳的声音——坚实、有力。另一个陆小曼。

在历史和现时的坐标轴里,陆小曼六十多岁了。

延安中路福煦坊,天井里,两棵枇杷,叶若碧绡,一树蜜蜡般的金黄,应着春景。弄堂里,顽皮的孩子们用竹竿子勾枇杷,家里人欲呵斥,被陆小曼阻挡了。

她坐在椅子上,膝盖抵住第十二根肋骨,另一只脚,一双斑斓织锦拖鞋,吊在趾尖,晃晃悠悠,随时可以啪的一声落下来。

徐志摩的遗像挽住了时代的巨轮,留住了《爱眉小札》的甜蜜;关起门,点燃一支烟,往事不堪回首。

桌上,玻璃台板下,压着一章她的正楷:"天长地久有尽时,此恨绵绵无绝期"——白居易的《长恨歌》。

想起徐志摩,她恍若隔世。

她愿意回去，重新做一回徐志摩的妻，她甚至愿意是十二月党人的妻子，匍匐在地，亲吻丈夫脚上的镣铐——但是，一个声音如夏日栖枝的知了，高亢明确地鸣叫着："回不去了！回不去了！"

一遍一遍。

天色暗了下去，一弯月亮，细细的一条，如女子的柳叶眉，也似她午后才画的册页。

现在的日子，与她的过去毫不相干，像无线电里的歌，唱得一半，频率受干扰，吱吱啦啦，待到调谐到了正道，歌已经唱完了，没得听了。

落地钟尽职地报着时辰。

活了一个甲子了，她在想什么？

生命的意义？

女性的选择？

她忽然心口疼。那个伤口还在，井一般深，殷殷的血，从来没有停止过——

她梦见，她出现在一部影片里。影片结尾，她穿着灰白色长裙，神情破碎地站在站台上，那是1925年，徐志摩去欧洲，她追着火车喊："千山万水，千山万水，去和你相会。我会,我能。"

可惜,路途遥远,耽搁了,樱花落尽了。

从二十岁站在剧院台阶上,殷勤散发泰戈尔戏剧节目单的那晚起,陆小曼在她的生涯里,如一份女性的宣言,跨越各种年龄段,扮演着距离理性、主流很远的边缘女性。简而言之——世俗标准下离经叛道的女性;她一直很难界定,很难安放。她在生存实验里,作为人性反应器和培养器皿的不确定和暧昧性,一直是哲学、社会学、心理学以及媒体消费的话题。

在中国语境里,陆小曼作为女性生存方式的符号,价值巨大,她探寻了现代女性对个体生命、自由究竟拥有多大选择权的维度和深度。

陆小曼的侄孙邱权先生告诉笔者,陆小曼偶尔也翻阅旧作《皇家饭店》,亦经常带着邱权,乘坐三轮车去和平饭店或国际饭店吃北京烤鸭,喝咖啡。她教导邱权,刀在盘子的右边,叉在左边;短叉用于甜品,小勺用于冰淇淋;喝汤时,勺子必须从里到外,诸如此类,轻声细语。付账后,她总也点一支烟;烟雾迷蒙中,她犹如一个有着时间刻度的剪影。

布满陆小曼足迹的楼梯
(茅文蓉 摄)

墙内枇杷树，陆小曼亲植
(茅文蓉 摄)

去看胡适笔下的那道风景——陆小曼家门口(茅文蓉 摄)

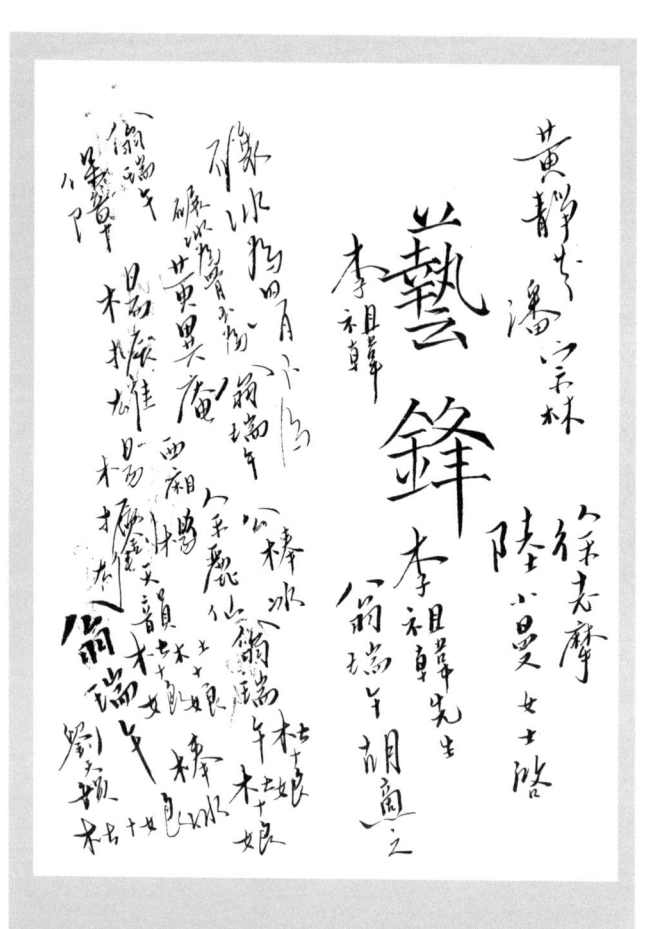

无情无绪中，陆小曼写下了一些人名，其中"翁瑞午"写了五遍

她老去,如树身分叉的枝丫,不再是被人观望的"风景"了;她用优雅从容善良,守住了生命的尊严;她终于撕去了胡适给她的标签,完成了一个及格的、立体的、忠于自己的角色。她现在的标签是画家,是作家。

她爱徐志摩吗?

有人也曾这样问徐志摩的原配夫人张幼仪、问林徽因。

1947年,林徽因重病住院。

听说张幼仪恰在北京,便发出见面的邀请。

张幼仪带着儿子徐积锴,拜访了林徽因。

昔日的情敌,在病榻前晤面。

张幼仪接受邀请,是在心中早已放下。她了然,即使没有林徽因,也还会有其他女人出现在徐志摩的情感里。

短暂的会面,林徽因专注地看着徐志摩的儿子徐积锴,大约想在他的身上找到徐志摩。

晚年,张幼仪对侄女张邦梅说:

"你总问我爱不爱徐志摩。你晓得,我没办法回答这个问题。我对这个问题很迷惑,因为每个人总是告诉我,我为徐志摩做了那么多,我一定是爱他的。可是,我没办法说什么叫爱,我也没跟人说过'我爱你'。如果照顾徐志摩和他的家人可称为'爱'的话,那我大概爱他吧。在他一生当中遇到的几个女人里面,说不定我最爱他。"

鲍勃·迪伦的句式:一个人要仰望多少次,才能见到天空?

答案在风中。

(感谢陆小曼侄孙邱权先生慷慨提供的文本真迹;感谢常德公寓(张爱玲故居)千彩书坊创办人张奇、陈波先生提供的独家信息)

图书在版编目（CIP）数据

上海爵士时代 / 淳子著 . —上海：文汇出版社，
2024.1
ISBN 978-7-5496-4145-1

Ⅰ.①上… Ⅱ.①淳… Ⅲ.①长篇小说-中国-当代
Ⅳ.① I247.5

中国国家版本馆 CIP 数据核字（2023）第 221325 号

上海爵士时代

著　　者　淳　子
图片编辑　茅文蓉
责任编辑　徐曙蕾
装帧设计　一亩幻想

出版发行　　文汇出版社
　　　　　上海市威海路755号
　　　　　（邮政编码200041）

照排　南京理工出版信息技术有限公司
印刷装订　上海颛辉印刷厂有限公司
版次　2024年1月第1版
印次　2025年5月第2次印刷
开本　787×1092　1/32
字数　135千
印张　9.25

ISBN 978-7-5496-4145-1
定价　68.00元